U0093981

哈福

哈福

100公式 用日語聊不停

・我的第一本日語學習書・

附QR碼線上音檔
行動學習‧即刷即聽

從零開始，快速學好日語100招
日語速成100公式，輕鬆和日本人聊天

朱讌欣 ◎著

哈福

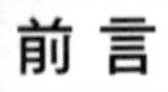

前言

日語速成100公式
讓您輕鬆和日本人聊天

我的第一本日語學習書，從零開始，快速學好日語100公式，只要套用這100個公式，讓您説日語變得超簡單，輕鬆成為AI時代，最強日語會話高手！

學好一口流利的日語，不僅對求職、留學有利，更倍增赴日觀光的樂趣。不管為了任何原因，學習日語的人口，有逐漸普及的現象，您是否也躍躍欲試，希望能把日語學好？

「只要把知道的單字排列起來，就能溝通啦，講日語根本就不必擔心，重要的是要有開口的膽量。」常常可以聽到從日本旅遊回來的人，下此豪語。從説的角度而言，這句話是有其道理的。

譬如到電器行，只要説「カメラ，買う　」，店員大致就能了解，您是要買照相機了。因為從當時的場合、情況、表情及手勢等，對方就能揣摩您的意思，能達成溝通的要素是有很多方式的。

如果帶心愛的狗上餐廳吃飯，為了表達「請給這隻狗一些東西吃」，於是説「犬、食べる」，要是運氣不好，上的是中國餐館，那恐怕對方就誤會，是要把您的狗煮來吃了。因此，若遇到稍微複雜的情況，把知道的單字排列起來的方式，就行不通了。

從說的角度是如此，那麼從聽的角度就更難了。即使聽得懂幾個單字，但這幾個單字在一句話或一篇文章中的意義如何，如果不能識別、分辨就無法了解句子或文章的意思了。

於是文法知識，就成為日語會話能力的重要基石了，同時也加強了閱讀能力。而最重要的是，掌握幾個主要的常用基本句型。本書精心挑選了會話中，最實用的100個基本句型，若能確實掌握，句子中單字的關係及角色，就能完全理解了。擁有本書，您的日語學習將更進一步。

本書所收的100個實用日語句型，每個句型都有豐富且簡單的例句，為使讀者能確實記憶句型和提高運用能力。會話部分採用了日常生活中使用頻率高、實用性最強、容易琅琅上口的日常對話。

本書備有精質線上MP3，日語老師錄音時，都會有先用慢的速度念，讓你先聽得懂，這樣你才能夠跟著說。搭配線上MP3學習，在反覆的練習中，自然能學到一口和示範老師一樣的純正發音、語調，讓日本人也大吃一驚。

只要您善用訣竅，套用這100個會話公式。如果再稍加記憶背誦，您就具有開口說日語的能力了。到那個時候，您一定會發現，原來說日語是這麼簡單，跟日本人聊天是這麼輕鬆。

日語50音&羅馬拼音對照表

平假名(ひらがな)

母音／子音	a	i	u	e	o
	あ a	い i	う u	え e	お o
k	か ka	き ki	く ku	け ke	こ ko
s	さ sa	し shi	す su	せ se	そ so
t	た ta	ち chi	つ tsu	て te	と to
n	な na	に ni	ぬ nu	ね ne	の no
h	は ha	ひ hi	ふ fu	へ he	ほ ho
m	ま ma	み mi	む mu	め me	も mo
j	や ya		ゆ yu		よ yu
r	ら ra	り ri	る ru	れ re	ろ ro
w	わ wa				を o
	ん n				

片假名(カタカナ)

母音 / 子音	a	i	u	e	o
	ア a	イ i	ウ u	エ e	オ o
k	カ ka	キ ki	ク ku	ケ ke	コ ko
s	サ sa	シ shi	ス su	セ se	ソ so
t	タ ta	チ chi	ツ tsu	テ te	ト to
n	ナ na	ニ ni	ヌ nu	ネ ne	ノ no
h	ハ ha	ヒ hi	フ fu	ヘ he	ホ ho
m	マ ma	ミ mi	ム mu	メ me	モ mo
j	ヤ ya	イ i	ユ yu	エ e	ヨ yo
r	ラ ra	リ ri	ル ru	レ re	ロ ro
w	ワ wa	イ i	ウ u	エ e	ヲ o
	ン n				

▲平假名

母音 / 子音		a	i	u	e	o
子音	g	が ga	ぎ gi	ぐ gu	げ ge	ご go
	z	ざ za	じ ji	ず zu	ぜ ze	ぞ zo
	d	だ da	ぢ ji	づ zu	で de	ど do
	b	ば ba	び bi	ぶ bu	べ be	ぼ bo
	p	ぱ pa	ぴ pi	ぷ pu	ぺ pe	ぽ po

▲片假名

母音 / 子音		a	i	u	e	o
子音	g	ガ ga	ギ gi	グ gu	ゲ ge	ゴ go
	z	ザ za	ジ ji	ズ zu	ゼ ze	ゾ zo
	d	ダ da	ヂ ji	ヅ zu	デ de	ド do
	b	バ ba	ビ bi	ブ bu	ベ be	ボ bo
	p	パ pa	ピ pi	プ pu	ペ pe	ポ po

◎ 拗音

拗音			拗長音		
きゃ	きゅ	きょ	きゃあ	きゅう	きょう
しゃ	しゅ	しょ	しゃあ	しゅう	しょう
ちゃ	ちゅ	ちょ	ちゃあ	ちゅう	ちょう
にゃ	にゅ	にょ	にゃあ	にゅう	にょう
ひゃ	ひゅ	ひょ	ひゃあ	ひゅう	ひょう
みゃ	みゅ	みょ	みゃあ	みゅう	みょう
りゃ	りゅ	りょ	りゃあ	りゅう	りょう
ぎゃ	ぎゅ	ぎょ	ぎゃあ	ぎゅう	ぎょう
じゃ	じゅ	じょ	じゃあ	じゅう	じょう
ぢゃ	ぢゅ	ぢょ	ぢゃあ	ぢゅう	ぢょう
びゃ	びゅ	びょ	びゃあ	びゅう	びょう
ぴゃ	ぴゅ	ぴょ	ぴゃあ	ぴゅう	ぴょう

· 促音〝っ〞（發音時，此字不發音，停頓一拍）
· 長音（兩個母音重疊時拉長音）
· 撥音〝ん〞（即鼻音）
· 拗音（清音、濁音、半濁音的〝い〞段音和小寫偏右下的〝ゃ〞〝ゅ〞〝ょ〞合成一個音節 ）

CONTENTS

Chapter 2

Chapter 3

Chapter 4

Chapter 5

Chapter 1

MP3-2

～は～です。

～是～

李(り)さんは中国人(ちゅうごくじん)です。

李先生是中國人。

わたしは田中(たなか)です。	我是田中。
林(りん)さんは医者(いしゃ)です。	林先生是醫生。
あなたは先生(せんせい)です。	你是老師。
彼女(かのじょ)は社長(しゃちょう)です。	她是社長。
松本(まつもと)さんは部長(ぶちょう)です。	松本先生是部長。
彼(かれ)は松村(まつむら)さんです。	他是村松先生。

李(り)さんは中国人(ちゅうごくじん)です。

這是表示判斷的句型。“は”是助詞，在這裏要讀成“wa”，“は”的前面接人稱名詞。“です”是判斷助動詞，在這裏相當於中文的“是”，它前面接説明人的身分、職稱等名詞。

單字

中国人（ちゅうごくじん）	中國人
先生（せんせい）	老師
社長（しゃちょう）	社長
部長（ぶちょう）	部長
よろしく	請多指教
留学生（りゅうがくせい）	留學生

休息一下　聊聊天

A：初（はじ）めまして、私（わたし）は張（ちょう）です。
幸會、幸會，敝姓張。

B：高橋（たかはし）です。どうぞよろしく。
我是高橋。請多指教。

A：張（ちょう）さんは留学生（りゅうがくせい）ですか。
張先生是留學生嗎？

B：はい、そうです。
是的。

MP3-3

2 お～です。

您～。

お出(で)かけですか。

您要出門嗎？

お急(いそ)ぎですか。	您趕時間嗎？
先生(せんせい)、お帰(かえ)りですか。	老師您要走了嗎？
本(ほん)をお探(さが)しですか。	您要買書嗎？
何時(なんじ)にお立(た)ちですか。	您幾點動身？
パスポートをお持(も)ちですか。	您有帶護照嗎？

お出(で)かけですか。

お｛動詞連用形／動詞性名詞｝です。

用於對方或第三者動作的動詞上，表示尊敬，或“您的…”的意思，是口語的用法。

單字

出（で）かける	出門
急（いそ）ぐ	急，趕
帰（かえ）る	回去
探（さが）す	尋找
パスポート	護照
持（も）つ	攜帶

休息一下　聊聊天

A：おはようございます。
　您早。

B：おはようございます。
　您早。

A：いい天気（てんき）ですね。
　天氣真好呀。

B：いい天気（てんき）ですね。
　天氣真好呀。

A：お出（で）かけですか。
　您出門嗎？

B：ええ、ちょっとそこまで。
　是的，就上那兒一下。

MP3-4

3 ～こそ～。

唯有～。才～。

こちらこそよろしくお願(ねが)いします。

應該是我請您多關照的。

ようこそいらっしゃいました。	歡迎光臨。
私(わたし)こそ失礼(しつれい)しました。	我才是失禮了。
時間(じかん)こそお金(かね)です。	時間就是金錢。
これこそ本物(ほんもの)です。	這才是真貨。
今度(こんど)こそ成功(せいこう)します。	這回可一定要成功。

こちらこそよろしくお願(ねが)いします。

「こそ」表示“我才…”之意，為助詞。用在強調、突出某一事物。「こちらこそ」是在兩個人中強調自己，更需要請對方予以照顧，意為“我自己才”。

單字

こちら	我，我們
お願(ねが)いします	請，麻煩
ようこそ	歡迎
本物(ほんもの)	真貨
初(はじ)めまして	這回
今度(こんど)	初次見面，幸會

休息一下　聊聊天

A：初(はじ)めまして、葉(よう)です。
幸會、幸會，敝姓葉。

B：初(はじ)めまして、鈴木(すずき)です。
幸會、幸會，我叫鈴木。

A：よろしくお願(ねが)いします。
請多多指教。

B：こちらこそよろしくお願(ねが)いします。
那裡，那裡，請多多指教。

MP3-5

請～。

お茶（ちゃ）をどうぞ。

請喝茶。

タバコをどうぞ。	請抽煙。
どうぞご自由（じゆう）に。	請隨便點。
どうぞお先（さき）に。	請先。
もう一（ひと）つどうぞ。	請再來一個。
奥（おく）へどうぞ。	裡面請。

お茶（ちゃ）をどうぞ。

「どうぞ」為副詞，通常用在請對方做某事或請對方不必客氣等場合。意為“請…”、“務請”。

單字

お茶(ちゃ)	茶
タバコ	香煙
自由(じゆう)	隨意，隨意
お先(さき)に	先
もう	再
奥(おく)	裡面

休息一下　聊聊天

A：失礼(しつれい)します。
對不起。

B：どうぞ。
請。

A：張(ちょう)です。
我是小張。

B：あっ、張(ちょう)さん、こちらが中村先生(なかむらせんせい)です。
啊！張先生，這位是中村老師。

A：初(はじ)めまして、張(ちょう)です。
幸會！幸會！敝姓張。

MP3-6

實在～。／十分～。

どうもありがとうございます。

真是謝謝。

どうもすみません。	十分抱歉。
先日(せんじつ)はどうも。	前幾天的事太感謝了。
ご親切(しんせつ)にどうも。	謝謝您的關照。
どうもご苦労様(くろうさま)。	實在辛苦了。
昨日(きのう)はどうもごちそうさまでした。	昨天承蒙您熱情款待，謝謝。

どうもありがとうございます。

「どうも」為副詞，“非常”、“實在”、“真”之意。有時候也為「どうもありがとう」、「どうも失禮しました」等的省略用語。「先日はどうも」，「先日」指的是“前幾天”、“前些日子”這是日本人很慣用的寒暄語，日本人不僅習慣於當時道謝，而且習慣於事後再次見面時，還會再道謝。

單字

すみません	對不起
先日（せんじつ）	前幾天
親切（しんせつ）	關心、親切
ご苦労様（くろうさま）	辛苦了
ごちそうさま	款待
協力（きょうりょく）	協力
本当（ほんとう）	真的

休息一下　聊聊天

A：ご協力（きょうりょく）どうもありがとうございました。
謝謝您的協力合作。

B：どういたしまして。
不客氣

A：本当（ほんとう）にありがとう。
真的謝謝。

B：なんでもありません。
沒什麼。

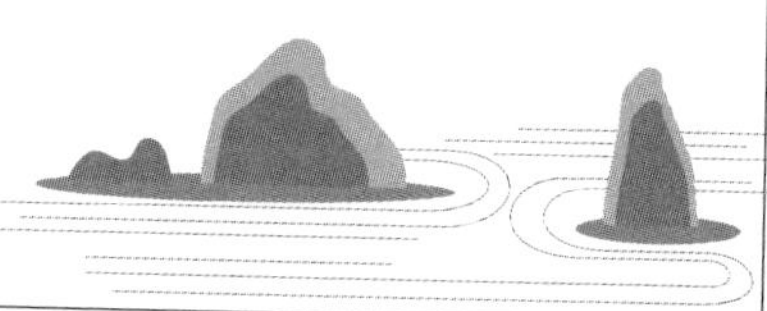

MP3-7

～と言います。

～姓～。

お名前は何と言いますか。

您尊姓大名。

私は張建國と申します。	我叫張建國。
お名前はなんとおっしゃいますか。	請問您貴姓大名？
これは何と言いますか。	這叫什麼？
これは招き猫と言います。	這叫招財貓。
これはダルマと言います。	這叫達摩。

お名前は何と言いますか。

「名前」前面加「お」，用於對方，意思為“尊姓”、“大名”。「か」助詞，表示疑問，意為“嗎”、“呢”。「と」則表示「言います」的內容。「申します」是「言います」的自謙語，只能用在“我”、“我們”的場合，表示自謙。「おっしゃいます」則是「言います」的尊敬語，表示尊敬對方。都為“叫”、“說”等意。

單字

申（もう）します	叫做（いう的自謙語）
お名前（なまえ）	名字
おっしゃる	叫做（いう的敬語）
招（まね）き猫（ねこ）	招財貓
ダルマ	達摩
この方（かた）	這位
彼（かれ）	他

休息一下　聊聊天

A：お名前（なまえ）は。
　　您貴姓？

B：王（おう）と申（もう）します。
　　敝姓王。

A：こちらの方（かた）は…。
　　這位是…？

B：彼（かれ）は友人（ゆうじん）の高橋（たかはし）さんです。
　　他是我的朋友，高橋先生。

MP3-8

7 ～の～。

～的～。

これは私（わたし）の名刺（めいし）です。

這是我的名片。

私（わたし）は早稲田（わせだ）の学生（がくせい）です。	我是早稻田的學生。
ここは私（わたし）の席（せき）です。	這是我的位子。
このパスポートは王（おう）さんのです。	這個護照是王先生的。
あれは日本（にほん）の新聞（しんぶん）です。	那是日本的報紙。
こちらは９０円（えん）のお釣（つ）りです。	這是找您的 90 日圓。

これは私（わたし）の名刺（めいし）です。

「の」是格助詞，下面接名詞時能對名詞起修飾等作用，表示所有或所屬關係。相當於中文的“的”。「の」也可以當體言（名詞）的助詞，表示在語境裡出現的某一事物。這時「の」可譯成“～的”。

例如：「これは私のです。」（這是我的。）

單字

名刺（めいし）	名片
席（せき）	座位
新聞（しんぶん）	報紙
お釣（つ）り	找的零錢
切手（きって）	郵票
3枚（まい）	三張

休息一下　聊聊天

A：７０円（えん）の切手（きって）を３枚（まい）ください。
請給我 70 日圓的郵票三張。

B：はい、２１０円（えん）です。
好的，210 日圓。

A：３００円（えん）でお願（ねが）いします。
麻煩 300 日圓。

B：９０円（えん）のお釣（つ）りです。
找您 90 日圓。

MP3-9

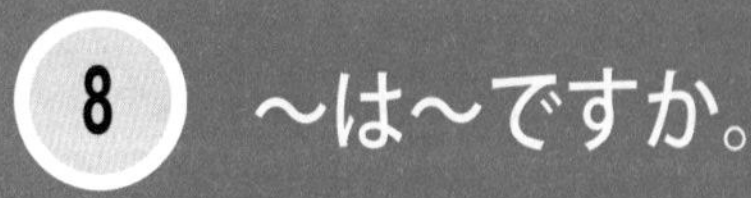

～是～嗎？

それは何ですか。

那是什麼？

駅はどこですか。	車站在哪裡？
今は何時ですか。	現在幾點？
これはいくらですか。	這個多少錢？
それはなぜですか。	那是為什麼呢？
彼女はいくつですか。	她幾歲？

それは何ですか。

「か」是表示疑問的助詞，在「それは何です」的後面加上「か」，就可以構成疑問句。「それ」是指示代名詞，這類的代名詞還有「これ、あれ、どれ」：

これ：指離説人較近的事物。意為“這個”。
それ：指離聽話人較近的事物。意為“那個”。
あれ：指離説話人或聽話人都遠的事物。意為“那個”。
どれ：表示不確切的事物。意為“哪個”。

單字

何(なん)	什麼
駅(えき)	車站
何時(なんじ)	幾點
いくら	多少錢
なぜ	為什麼
いくつ	幾歲
パソコンゲーム	電腦遊戲

休息一下　聊聊天

A：すみません、それは何(なん)ですか。
請問，那是什麼？

B：これはパソコンゲームです。
這是電腦遊戲。

A：いくらですか。
多少錢？

B：29,000円(えん)です。
29000 日圓。

MP3-10

～が～です（か）。
～是～（嗎）。

どこが銀座（ぎんざ）ですか。

銀座在哪裡？

どなたが日本（にほん）の方（かた）ですか。	哪位是日本人？
こちらが日本（にほん）の方（かた）です。	這位是日本人。
どれが鈴木（すずき）さんの傘（かさ）ですか。	那支是鈴木小姐的傘？
それが鈴木（すずき）さんの傘（かさ）です。	那支是鈴木小姐的傘。
どちらが南（みなみ）ですか。	那邊是南邊？

どこが銀座（ぎんざ）ですか。

「どこ」（哪裡）是疑問代名詞，因此這一句型是用疑問代名詞作主詞的表達方式。因此疑問代名詞後一定要用「が」而不能用「は」。同樣地在回答時，答句的主詞也一定要用「が」。

「ここ、そこ、あそこ、どこ」是場所的指示代名詞，這四個詞自成一組，所指的事物遠近關係與「これ、それ、あれ、どれ」一樣。

單字

どなた	哪一位
アメリカ	美國
どれ	哪個（支）
お医者(いしゃ)さん	醫生
お腹(なか)	肚子
痛(いた)い	疼痛
見(み)せる	讓…看

休息一下　聊聊天

A：どなたがお医者(いしゃ)さんですか。
哪位是醫生？

B：私(わたし)ですが。
我是。

A：この人(ひと)、お腹(なか)が痛(いた)いです。
這個人肚子痛。

B：ちょっと見(み)せてください。
讓我看一下。

MP3-11

10 ～は～ではありません。

～不是～。

私(わたし)は田中(たなか)ではありません。

我不是田中。

これは時計(とけい)ではありません。	這不是錶。
ここは松下(まつした)さんのお宅(たく)ではありません。	這裡不是松下先生的家。
そこは映画館(えいがかん)ではありません。	那裡不是電影院。
私(わたし)は音痴(おんち)ではありません。	我不是五音不全。
李(り)さんは韓国人(かんこくじん)ではありません。	李先生不是韓國人。

私(わたし)は田中(たなか)ではありません。

「ではありません」是「です」的否定意義的表達方式。相當於中文的「不是～」等。對一件事物加以否定以後，也可以接著說出肯定的意見，也可以不說。要注意的是，表示否定意義的「～ではありません」中的「は」的發音是[wa]，不是[ha]。

單字

時計（とけい）	鐘，錶
お宅（たく）	貴府，府上
映画館（えいがかん）	電影院
音痴（おんち）	五音不全
韓国人（かんこくじん）	韓國人
違う（ちが）	錯了

休息一下　聊聊天

A：もしもし、松下（まつした）さんのお宅（たく）ですか。
　喂！喂！是松下先生家嗎？

B：いいえ、違（ちが）います。
　不，錯了。

A：そちらは５４８の００４１ではありませんか。
　那裡不是 548-0041 嗎？

B：いいえ、違（ちが）います。
　不，錯了。

A：あっ、失礼（しつれい）しました。間違（まちが）えました。
　啊，對不起，打錯了。

11 ～に～が～います。

在～地方有～人。

あそこに人(ひと)がいます。

那裡有人。

クラスにドイツの留学生(りゅうがくせい)が一人(ひとり)います。	班上有一個德國留學生。
彼女(かのじょ)には二人(ふたり)の息子(むすこ)がいます。	她有兩個兒子。
李(り)さんの家(いえ)には猫(ねこ)がいます。	李小姐的家有貓。
昔(むかし)、この村(むら)に狐(きつね)がいました。	很早以前，這個村子裡有狐狸。
あそこにどなたがいますか。	有誰在那裡嗎？

あそこに人(ひと)がいます。

<u>體言</u>に（は）<u>體言</u>がいます。

這是表示在某處存在某個有生命物的句型，表示人或動物的存在時用「います」，「います」相當於中文的「有」。「に」是助詞，表示人或動物所存在的場所。

單字

クラス	班級
ドイツ	德國
昔（むかし）	很久以前
村（むら）	村子
狐（きつね）	狐狸
木（き）	樹木
子供（こども）	小孩

休息一下　聊聊天

A：木（き）の上（うえ）に鳥（とり）がいますか。
樹上有鳥嗎？

B：はい、小鳥（ことり）がいます。
有，有小鳥。

A：木（き）の下（した）に子供（こども）がいますね。
樹下有小孩嗎？

B：はい、木（き）の下（した）に子供（こども）がいます。
有，樹下有小孩。

MP3-13

～へ～。

向（給）～處～

ここへ電話(でんわ)してください。

請打電話到這裡。

こちらへ電話(でんわ)してくださいませんか。	可以請您打電話到這裡嗎？
学校(がっこう)へ連絡(れんらく)してください。	請向學校連絡。
日本(にほん)へ行(い)きます。	去日本。
どこへ行(い)くのですか。	你要去哪裡？
どこへも行(い)きません。	哪裡也不去。

ここへ電話(でんわ)してください。

「へ」是助詞，在這裡表示行為動作的方向或目的地，相當於中文的“向～”、“朝～”、“對～”之意。「へ」和表示方向、場所名詞結合在一起構成連用修飾語，修飾後面的動詞。這裡的「へ」發音是[e]，不是[he]。

單字

電話（でんわ）	電話
学校（がっこう）	學校
連絡（れんらく）	連絡
行（い）く	去
大変（たいへん）	糟了
秋葉原（あきはばら）	秋葉原（日本電氣街）

休息一下　聊聊天

A：ここはどこですか。
　這裡是哪裡？

B：ここは上野（うえの）ですよ。
　這裡是上野喲。

A：あっ、大変（たいへん）。
　啊！糟了。

B：どこへ行（い）くのですか。
　你要去哪裡？

A：秋葉原（あきはばら）です。
　秋葉原。

MP3-14

13 ～てください（てくださいませんか）。

請～。

もう少し（すこ）ゆっくり話し（はな）てください。

請再講慢一點。

ここへ電話（でんわ）してください。	請打電話到這裡。
住所（じゅうしょ）と氏名（しめい）を記入（きにゅう）してください。	請填寫住址跟姓名。
ちょっと見（み）せてください。	請讓我看一下。
前（まえ）の人（ひと）は座（すわ）ってくださいませんか。	前面的人請坐下來好嗎？
一万円（いちまんえん）ほど貸（か）してくださいませんか。	能借我一萬日圓嗎？

もう少し（すこ）ゆっくり話し（はな）てください。

動詞連用形てください（てくださいませんか）

「～てくださいませんか」表示請求對方做某事比「～てください」更有禮。可譯為“可否請您～”。

單字

少(すこ)し	一點兒
ゆっくり	慢
話(はな)す	說，講
記入(きにゅう)する	填寫
座(すわ)る	坐
ほど	表示不定的數量、時間
貸(か)す	借

休息一下　聊聊天

A：すみません、助(たす)けてください。

對不起，請你幫我一個忙。

B：どうしたんですか。

怎麼啦？

A：私(わたし)は日本語(にほんご)がわかりません。

我不太懂日語。

B：はい。

是。

A：ここへ電話(でんわ)してくださいませんか。

能否請你打電話到這裡？

B：いいですよ。

好啊。

MP3-15

14 ～ができます。

會（能）～。

王(おう)さんはスキーができます。

王先生會滑雪。

私(わたし)は車(くるま)の運転(うんてん)ができます。	我會開車。
彼(かれ)はフランス語(ご)ができます。	他會法國話。
田中(たなか)さんは料理(りょうり)ができます。	田中先生會做菜。
彼女(かのじょ)は日本語(にほんご)ができます。	她會日本話。
大学(だいがく)ではいろんな研究(けんきゅう)ができます。	在大學能進行各項研究。

王(おう)さんはスキーができます。

「できます」相當於中文的“能～”、“會～”。“～ができます”表示具有某種能力、可能的意思。「できます」可以直接接名詞。如：「日本語ができます」。「できます」的否定形式是「できない」。

單字

スキー	滑雪
運転（うんてん）	開車
フランス語（ご）	法國話
料理（りょうり）	菜，料理
いろいろ	各種
研究（けんきゅう）	研究
もう	再

休息一下　聊聊天

A：日本語（にほんご）ができますか。
你會日本話嗎？

B：すみません、もう少（すこ）しゆっくり話（はな）してください。
對不起，請再說慢一點。

A：日本語（にほんご）ができますか。
你會日本話嗎？

B：少（すこ）しできます。
會一點。

MP3-16

 15 ～に（は）～があります（ありません）。

～地方有（或沒有）～。

左側（ひだりがわ）にエスカレーターがあります。

左邊有電扶梯。

部屋（へや）に机（つくえ）があります。	房間裡有桌子。
ここに連絡先（れんらくさき）があります。	這裡有連絡地址。
駅前（えきまえ）にデパートがあります。	電車站前有百貨公司。
かばんの中（なか）に財布（さいふ）があります。	皮包裡有錢包。
手（て）にやけどのあとがあります。	手上有燒傷的傷疤。

右側（みぎがわ）にエスカレーターがあります。

體言に（は）體言があります。

跟「～に（は）～がいます」不同的是，這是表示某處有某物的句型。這某物是沒有生命的物體。「に」是助詞，表示靜止物體所存在的場所。「あります」是存在動詞，表示物體的存在，相當於中文的「有」。這一句型可譯為"在～有～"。

單字

エスカレーター	電扶梯
連絡先（れんらくさき）	連絡地址
デパート	百貨公司
かばん	皮包
財布（さいふ）	錢包
やけど	燒傷
あと	傷疤
売場（うりば）	販賣部

休息一下　聊聊天

A：いらっしゃいませ。
　歡迎光臨。

B：すみません、洋服（ようふく）は何階（なんがい）ですか。
　請問服裝部在幾樓？

A：６階（かい）です。左側（ひだりがわ）にエスカレーターがあります。
　６樓。左邊有電扶梯。

B：どうもありがとうございます。
　謝謝。

MP3-17

16　～で、なんと（どう）～か。

用～怎麼？

これは日本語（にほんご）で何（なん）と読（よ）みますか。

這用日語怎麼讀？

これは中国語（ちゅうごくご）でどう言（い）いますか。	這用中文怎麼說？
それは英語（えいご）で何（なん）と読（よ）みますか。	那用英語怎麼讀？
それは日本語（にほんご）でどう書（か）きますか。	那用日語怎麼寫？
「ありがとう」は中国語（ちゅうごくご）でどう言（い）いますか。	「ありがとう」用中文怎麼說？
「お姉（ねえ）さん」はフランス語（ご）でどう言（い）いますか。	「お姉（ねえ）さん」用法國話怎麼說？

これは日本語（にほんご）で何（なん）と読（よ）みますか。

「で」表示工具、方法手段、材料，相當於中文的“用”、“以”等。「なんと」可直譯為“什麼”。

單字

読む	唸
言う	說
英語	英語
書く	寫
フランス語	法國話
教える	教，告訴

休息一下　聊聊天

A：中村さん、ちょっと教えてください。
中村先生，請教我一下。

B：何でしょう。
有何指教？

A：これは日本語でなんと読みますか。
這個用日語怎麼讀？

B：「お買い得」と読みます。
讀作「okaidoku」。

MP3-18

17 ～たいです。

想（要）做～。

私(わたし)はカメラが買(か)いたいです。

我想買照相機。

今日(きょう)の新聞(しんぶん)を読(よ)みたいです。	我想看今天的報紙。
ちょっと休(やす)みたいです。	我想休息一下。
上野公園(うえのこうえん)へ行(い)きたいです。	我想去上野公園。
私(わたし)は行(い)きたくないです。	我不想去。
私(わたし)はコーヒーを飲(の)みたくないです。	我不想喝咖啡。

私(わたし)はカメラが買(か)いたいです。

動詞連用形たいです。

這是表示想做某個動作的句型。「～たいです」相當於中文的“想～”之意，在這一句型裡，主詞一般是「私」。

單字

カメラ	照相機
買（か）う	買
休（やす）む	休息
公園（こうえん）	公園
コーヒー	咖啡
飲（の）む	喝
まっすぐ	筆直，直的

休息一下　聊聊天

A：あのう、ちょっとすみません。
對不起，請問一下。

B：はい。
是。

A：上野公園（うえのこうえん）へ行（い）きたいんですが。
我想去上野公園。

B：まっすぐ行（い）ってください。
請直走。

A：どうもありがとう。
謝謝。

MP3-19

18 ～ですか、～ですか。

是～，還是～？

これは馬ですか、牛ですか。

這是馬，還是牛？

それは雑誌ですか、マンガですか。	那是雜誌，還是漫畫？
あれは電車ですか、地下鉄ですか。	那是電車，還是地鐵？
ここは自由席ですか、指定席ですか。	這個是自由座，還是對號座？
林さんは中国人ですか、韓国人ですか。	林先生是中國人，還是韓國人？
ここは有料ですか、無料ですか。	這裡是收費，還是免費？

これは馬ですか、牛ですか。

對兩個事物不能確切地加以判斷的時候，使用「～ですか、～ですか」這個句型。回答這類問句的時候不用「はい、いいえ」，只要答出兩個事物中的一個就可以了。例如：

A：これは辭書ですか、新聞ですか。

B：新聞です。

單字

マンガ	漫畫
自由席（じゆうせき）	自由座
指定席（していせき）	對號座
有料（ゆうりょう）	收費
無料（むりょう）	免費
特急券（とっきゅうけん）	特急票
乗車券（じょうしゃけん）	車票

休息一下　聊聊天

A：京都（きょうと）へ行（い）きたいのですが。
我想去京都。

B：はい、自由席（じゆうせき）ですか、指定席（していせき）ですか。
好的，要自由座，還是不對號座？

A：指定席（していせき）をください。
請給我對號座。

B：はい、こちらが特急券（とっきゅうけん）と乗車券（じょうしゃけん）です。
好的，這是特急票跟車票。

MP3-20

19 ～たらいいでしょうか。

～就好了。

どうしたらいいでしょうか。

怎麼辦才好呢？

やめたらいいでしょう。	罷手就好了。
どの電車（でんしゃ）に乗（の）ったらいいでしょうか。	坐哪輛電車好呢？
どこで降（お）りたらいいでしょうか。	在哪裡下車好呢？
どう言（い）ったらいいでしょうか。	怎麼說好呢？
「いや」とはっきり言（い）ったらいいじゃないですか。	明說「不」就好了。

どうしたらいいでしょうか。

動詞連用形たらいいでしょうか。

「たら」表示如果實現了前句敘述的情況，就會引起後句敘述的情況；或假定出現了前句敘述的情況就會引起後句敘述的情況。相當於中文的“假如”、“如果”。「いい」是“好的”、“可以”之意。「～たらいいでしょうか」可譯為「怎麼～才好呢？」

單字

やめる	作罷
乗る（の）	乘坐
降りる（お）	下（車）
いや	不要
はっきり	明白
荷物（にもつ）	（攜帶的）行李、物品
ロッカー	投幣存物箱
預ける（あず）	寄放

休息一下　聊聊天

A：映画（えいが）を見（み）に行（い）きませんか。
要不要去看電影。

B：でも荷物（にもつ）が多（おお）くて。どうしたらいいでしょう。
但是東西這麼多，該如何是好？

A：駅（えき）のロッカーに預（あず）けましょう。
就寄放在車站的投幣存物箱吧。

B：そうですね。
對呀。

20 ～を～へ～。

從（在）～處向～方向轉。

そこを右(みぎ)へ曲(ま)がってください。

請從那裡右轉。

そこを左(ひだり)へまっすぐ行(い)ってください。	請從那裡左轉直走。
郵便局(ゆうびんきょく)の所(ところ)を左(ひだり)へですね。	從郵局向左是吧！
前(まえ)の所(ところ)を右(みぎ)へ曲(ま)がってください。	請前面的地方右轉。
ここを右(みぎ)へ曲(ま)がります。	從這兒右轉。
この道(みち)を左(ひだり)へ曲(ま)がります。	這條路左轉。

そこを右(みぎ)へ曲(ま)がってください。

「を」格助詞，接在場所名詞之後，表示動作的移動、通過、離開的場所，例如：「家を出る」（離開家）。「へ」是助詞，表示移動動詞的方向、去向。

單字

右（みぎ）	右
曲（ま）がる	轉
左（ひだり）	左
まっすぐ	筆直
郵便局（ゆうびんきょく）	郵局
所（ところ）	地方
運転手（うんてんしゅ）	司機
ビル	大樓

休息一下　聊聊天

A：運転手（うんてんしゅ）さん。
司機先生。

B：はい。
是。

A：そこを右（みぎ）へ曲（ま）がってください。
請在那裡右轉。

B：右（みぎ）ですね。
右邊是吧。

A：はい、あのビルの前（まえ）で止（と）めてください。
是的，請在那一棟大樓前停。

TOKYO

Chapter 2

MP3-22

21 ～で～。

乗坐～。

私はタクシーで行きます。

我坐計程車去。

彼は新幹線で東京へ来ました。	他坐新幹線來到東京。
木村さんはお箸でご飯を食べます。	林先生用筷子吃飯。
日本語で話します。	用日語說話。
電話で友達と話します。	用電話和朋友聊天。
いつも電車で学校へ行きますか。	你都是坐電車去學校的嗎？

私はタクシーで行きます。

助詞「で」表示工具、方法、材料或手段。表示利用交通工具這一手段時，在電車、地鐵等詞後面加「で」就可以了。

單字

タクシー	計程車
新幹線（しんかんせん）	新幹線
お箸（はし）	筷子
友達（ともだち）	朋友
電車（でんしゃ）	電車
自転車（じてんしゃ）	自行車

休息一下　聊聊天

A：いつも電車（でんしゃ）で学校（がっこう）へ行（い）きますか。
你都是坐電車去學校的嗎？

B：ええ、そうです。中村（なかむら）さんは。
是的。中村先生呢？

A：僕（ぼく）は自転車（じてんしゃ）で。
我騎自行車。

B：あっ、いいですね。
啊！真好。

MP3-23

22 ～という～。

叫做～的～。

何(なん)という料理屋(りょうりや)ですか。

叫什麼餐館？

何(なん)というお宅(たく)ですか。	找哪一家？
丸尾一郎(まるおいちろう)という先生(せんせい)です。	一位叫丸尾一郎的老師。
あの人(ひと)は酒井(さかい)という人(ひと)です。	他就是叫酒井的人。
信号(しんごう)の赤(あか)は「止(と)まれ」という意味(いみ)です。	紅色的信號燈是「停止」的意思。
わたしは「故郷(こきょう)」という本(ほん)を読(よ)みました。	我讀過「故鄉」這本書。

何(なん)という料理屋(りょうりや)ですか。

「という」(1)表示“稱作”、“叫作”的意思；(2)用於説明強調後面的體言，使後面的體言內容更具體，或起將一個句子綜合、收斂的作用。可譯為“這個”、“這種”之意。

單字

料理屋（りょうりや）	飯館，餐廳
信号（しんごう）	紅綠燈
赤（あか）	紅
止（と）まれ	停止
意味（いみ）	意思
待（ま）ち合（あ）わせ	等候會面
場所（ばしょ）	地點

休息一下　聊聊天

A：明日（あした）の待（ま）ち合（あ）わせなんですが。
有關明天的會合地點…。

B：場所（ばしょ）はどこですか。
地點在哪裡？

A：駅前（えきまえ）の中華料理屋（ちゅうかりょうりや）です。
電車站前的中國菜館。

B：何（なん）という料理屋（りょうりや）ですか。
叫什麼餐館？

A：ええと…あっ、晴来軒（せいらいけん）です。
嗯…啊！叫晴來軒。

MP3-24

23 ～がいいでしょう。

以～為好。可以～。

電車(でんしゃ)の方(ほう)がいいでしょう。

可以坐電車去。

バスの方(ほう)がいいでしょう。	可以坐巴士去。
中央線(ちゅうおうせん)がいいでしょう。	可以坐中央線。
少(すこ)し切(き)った方(ほう)がいいでしょう。	稍微剪一點比較好。
お酒(さけ)を控(ひか)えた方(ほう)がいいでしょう。	你還是少喝點兒酒比較好。
女(おんな)の人(ひと)はやっぱりやさしい方(ほう)がいいでしょう。	女人還是溫柔些的好。

電車(でんしゃ)の方(ほう)がいいでしょう。

「～がいい」表示命令或放任語氣。後續「でしょう」時，口氣較為緩和，可譯為“～好”、“～吧”、“可以～”等。

單字

バス	公車
中央線（ちゅうおうせん）	中央線
切る（き）	剪
お酒（さけ）	酒
控える（ひか）	控制，節制
やっぱり	畢竟，還是
やさしい	溫柔

休息一下　聊聊天

A：カットをお願（ねが）いします。
麻煩我要剪頭髮。

B：前髪（まえがみ）が少（すこ）し長（なが）いですね。
前面的瀏海有些長了。

A：そうですか、どうしましょう。
是嗎，怎麼辦呢？

B：少（すこ）し切（き）った方（ほう）がいいでしょう。
稍微剪一點比較好。

MP3-25

24 ～と思(おも)います。

認為～。想～。

来週(らいしゅう)は忙(いそが)しいと思(おも)います。

我想下星期很忙。

のどが痛(いた)いです、風邪(かぜ)だと思(おも)います。	喉嚨痛，我想是感冒了。
彼(かれ)はお酒(さけ)が好(す)きだと思(おも)います。	我認為他喜歡喝酒。
明日(あした)は試験(しけん)がないと思(おも)います。	我認為明天沒有考試。
これからもっと進歩(しんぽ)すると思(おも)います。	我認為現在開始會更進步。
ここは駅(えき)だと思(おも)います。	我想這裡是車站。

来週(らいしゅう)は忙(いそが)しいと思(おも)います。

這是表示“我想～”、“我認為～”的句型。句末為「と思います」時，主詞一定是說話的人。有時可以省略主詞。助詞「と」表示思考的內容。

單字

来週（らいしゅう）	下星期
忙しい（いそがしい）	忙碌
のど	喉嚨
風邪（かぜ）	感冒
試験（しけん）	考試
進歩する（しんぽする）	進步
落とし物（おとしもの）	遺失物品

休息一下　聊聊天

A：あの、落とし物（おとしもの）をしたんですが…。
對不起，我掉了東西。

B：何（なん）ですか。
掉了什麼？

A：かばんです。
皮包。

B：どこで落（お）としましたか。
在哪裡掉的？

A：駅（えき）だと思（おも）います。
我想是在車站。

MP3-26

25 ～も～。

～也～。

あの人も日本人です。

那個人也是日本人。

王さんも留学生です。	王先生也是留學生。
のども痛いです。	我喉嚨也痛。
それも雑誌です。	那也是雜誌。
佐藤さんも田中さんも先生です。	佐藤先生跟田中先生都是老師。
これもあれも食べたいです。	這個跟那個都想吃。

あの人も日本人です。

「も」是助詞，相當於中文的“也”，它表示同樣事物的重複。又「～も～も」表示列舉類似的事物。可譯作：“～跟～都～”等。

單字

日本人（にほんじん）	日本人
あの人（ひと）	那個人
せき	咳嗽
ひどい	厲害

休息一下　聊聊天

A：どうなさいましたか。
怎麼了？

B：咳（せき）がひどいです。
我咳得很厲害。

A：のどは。
喉嚨呢？

B：のども痛（いた）いです。
喉嚨也痛。

A：風邪（かぜ）ですね。
是感冒了。

MP3-27

26 ～てみましょう。

～看看。～一下。

NTTに聞(き)いてみましょう。

問問看NTT。

ゆっくり考(かんが)えてみましょう。	慢慢地考慮看看。
この料理(りょうり)を作(つく)ってみましょう。	這道菜做看看。
あのレストランへ入(はい)ってみましょう。	進去那家餐廳看看。
この靴(くつ)をはいてみましょう。	這雙鞋子穿看看。
このお菓子(かし)を食(た)べてみましょう。	這個糖果嚐看看。

NTTに聞(き)いてみましょう。

動詞連用形てみます

「～てみます」多用於某種動作的嘗試，相當於中文的"～看"、"～一下"的意思。

單字

ゆっくり	慢慢地
考（かんが）える	想、考慮
作（つく）る	做
レストラン	餐廳
入（はい）る	進去
靴（くつ）	鞋子
お菓子（かし）	糕點

休息一下　聊聊天

A：携帯電話（けいたいでんわ）は便利（べんり）ですね。
手機真方便呀。

B：そうですね。
是啊。

A：一ヶ月（いっかげつ）いくらぐらいかかりますか。
一個月要花多少錢？

B：NTT に聞（き）いてみましょう。
問問 NTT 吧。

MP3-28

～ばいいんです。

如果～就行。可以～。

お金を払えばいいんです。

付錢就行了？

こうすればいいんです。	這麼做就好了。
駅はこう行けばいいでしょう。	車站這麼去就可以了。
この電車に乗ればいいんです。	坐這輛電車就可以了？
あなた黙って聞けばいいんです。	你別吭聲，只要聽就好了。
日本語が話せればいいなあ。	要是會說日語就好了。

お金を払えばいいんです。

用言假定形ばいいです

(1) 表示怎樣做才好，具有指點，告訴的含義。可譯為“～就行”等。如「あなたはだまってきけばいいです」就是。

(2) 表示說話人內心希望，可以譯作“要是～多好”等。例如：「日本語が話せればいいなあ」這句就是。

單字

お金（かね）	錢
払う（はらう）	支付
黙る（だまる）	不說話
聞く（きく）	聽
交番（こうばん）	警察局

休息一下　聊聊天

A：すみません。
請問一下？

B：はい、何（なん）でしょう。
好的，什麼事？

A：古市場（ふるいちば）二丁目（にちょうめ）はどう行（い）けばいいでしょうか。
古市場二巷要怎麼走好呢？

B：ちょっと…、交番（こうばん）で聞（き）いてください。
嗯，我不是很清楚，請到警察局問一下。

MP3-29

28 ～から～まで～。

從～，到～。

朝から晩まで仕事をします。

從早到晚工作。

毎日８時から１１時まで勉強します。	每天從八點到十一點學習。
夏休みはいつからいつまでですか。	暑假從什麼時候到什麼時候？
羽田空港から蒲田駅まででですか。	從羽田機場到蒲田車站嗎？
病は口から入ります。	病從口入。
上野まで何で行きましたか。	坐什麼車到上野？

朝から晩まで仕事をします。

助詞「まで」表示限定，在這裡指「仕事をします」這一動作完了的終點。「まで」經常和「から」結合在一起使用，以「～から～まで」的形式修飾動詞，可以譯作“從～到～”的意思。

單字

朝（あさ）	早上
晩（ばん）	晚上
仕事（しごと）	工作
夏休み（なつやすみ）	暑假
いつ	什麼時候
病（やまい）	病
口（くち）	口，嘴

休息一下　聊聊天

A：都内（とない）までタクシーで行（い）きましょう。

坐計程車到東京都內吧！

B：料金（りょうきん）は高（たか）いでしょう。

費用很高吧！

A：いいえ、五千円（ごせんえん）ぐらいだと思（おも）います。

不高，我想大概 5000 日圓。

B：羽田空港（はねだくうこう）から蒲田駅（かまたえき）までですか。

從羽田機場到蒲田車站嗎？

A：そうですよ。

是呀！

MP3-30

29 ～といっしょに～。

跟～一起。

願書（がんしょ）といっしょに出（だ）してください。

請跟申請書一起繳交。

王（おう）さんといっしょに帰（かえ）ります。	跟王小姐一起回家。
切符（きっぷ）といっしょにお金（かね）が出（で）ます。	零錢跟車票一起出來。
整理券（せいりけん）といっしょに料金（りょうきん）を払（はら）ってください。	請跟計程車票一起付錢。
彼（かれ）といっしょに勉強（べんきょう）します。	跟他一起學習。
お弁当（べんとう）といっしょに入（い）れます。	跟便當一起放進去。

願書（がんしょ）といっしょに出（だ）してください。

「と」是助詞，表示某種行為、動作的共同進行者，和人稱名詞結合在一起，修飾後面的動詞，可以譯作“和～（一起）～”。「と」經常和「いっしょに」一起使用。

單字

願書（がんしょ）	申請書
出す（だす）	繳交
帰る（かえる）	回去
整理券（せいりけん）	整理券（上車取計算里程用的）
料金（りょうきん）	費用，車費
弁当（べんとう）	便當
受付（うけつけ）	接受，受理
受験料（じゅけんりょう）	報名費

休息一下　聊聊天

A：すみません、入学願書（にゅうがくがんしょ）をください。
對不起，請給我入學申請書。

B：はい、どうぞ。
好的，請。

A：入学願書（にゅうがくがんしょ）の受付（うけつけ）はいつまでですか。
受理報名到什麼時候？

B：三月一日（さんがつついたち）から十五日（じゅうごにち）までです。
從三月一日到十五日。

A：受験料（じゅけんりょう）はいくらですか。
報名多少錢？

B：三万円（さんまんえん）です。願書（がんしょ）と一緒（いっしょ）に出（だ）してください。
三萬日圓。請跟申請書一起繳交。

MP3-31

30 ～と～。

一～就～。

ボタンを押（お）すと、切符（きっぷ）が出（で）てきます。

一按按鈕，車票就出來了。

彼（かれ）が勉強（べんきょう）していると、友達（ともだち）が来（き）ました。	他一讀書，朋友就來了。
駅（えき）に着（つ）くと、バスが出（で）ました。	一到車站，公車就開走了。
本（ほん）を読（よ）むと、目（め）が疲（つか）れる。	一看書眼睛就疲勞。
春（はる）がくると、花（はな）が咲（さ）きます。	春天一到，花兒就開放。
学校（がっこう）が終（お）わると、すぐ帰（かえ）ります。	一放學就馬上回家。

ボタンを押（お）すと、切符（きっぷ）が出（で）てきます。

動詞基本形
動詞未然形 ｝と

助詞「と」相當於中文的“一～就～”，表示前面敘述的事物或現象一出現，就會引起後面敘述的事物或現象。

單字

ボタン	按鈕
押(お)す	按
目(め)	眼睛
疲(つか)れ	疲勞
咲(さ)く	綻放
終(お)わる	結束
買(か)い方(かた)	買的方法

休息一下　聊聊天

A：切符(きっぷ)の買(か)い方(かた)を教(おし)えてください。
請告訴我怎麼買車票。

B：まずお金(かね)を入(い)れて。
先投錢。

A：お金(かね)を入(い)れますね。
先投錢是吧！

B：そして、ボタンを押(お)すと切符(きっぷ)が出(で)てきます。
然後一押按鈕，車票就出來了。

MP3-32

31 ～ていってください。

請做～後再走。

お茶(ちゃ)でも飲(の)んでいってください。

請喝杯茶再走吧！

どうぞゆっくりしていってください。	請多坐一會兒（再走）吧！
もう少(すこ)し休(やす)んでいってください。	請多休息一下（再走）吧！
ご飯(はん)でも食(た)べていってください。	請吃完飯再走吧！
コートを着(き)ていってください。	穿上外套再走吧！
宿題(しゅくだい)をやっていってください。	作業做了再去吧！

お茶(ちゃ)でも飲(の)んでいってください。

「（て）いってください」是由「（て）いく」和「（て）ください」構成。表示“請做～後再走”等意。

單字

休(やす)む	休息
ご飯(はん)	飯
でも	（舉例）或者，之類
コート	大衣
着(き)る	穿
宿題(しゅくだい)	習題
やる	作

休息一下　聊聊天

A：そろそろ失礼(しつれい)します。
我該告辭了。

B：お茶(ちゃ)でも飲(の)んでいってください。
喝杯茶再走吧！

A：もういいです。
不用了。

B：そうですか、じゃお送(おく)りしましょう。
是嗎，那我送你。

MP3-33

32 ～ところ（或なか）を～

正當～時。

お忙しいところをお邪魔して、どうもすみません。

在百忙之中打擾您，十分抱歉。

お忙しいところをお騒がせいたしました。	在百忙之中打擾了。
困っているところを助けてくれて、ありがとう。	在困難時幫助我，謝謝。
ご飯を食べているところに彼が来ました。	正在吃飯時，他來了。
遠いところまで送っていただいてありがとう。	承蒙您送我到這麼遠的地方，謝謝您。

お忙しいところをお邪魔して、どうもすみません。

動詞連用形ている ｝ところを。
用言連體形

表示“正當～時發生～”。有時可譯作“正當～時～”等意。

單字

忙(いそが)しい	忙碌
邪魔(じゃま)する	打擾
騒(さわ)ぐ	吵鬧
困(こま)る	困難
助(たす)ける	幫助
遠(とお)い	遠

休息一下　聊聊天

A：やあ、王(おう)さんよくいらっしゃいました。
喲，王先生，歡迎，歡迎。

B：お忙(いそが)しいところをお邪魔(じゃま)して、すみません。
在百忙之中打擾您，真是不好意思。

A：とんでもない、さあ、お茶(ちゃ)をどうぞ。
那裡的話，來，請喝杯茶。

B：いただきます。
那我就不客氣了。

MP3-34

～（には）お世話(せわ)になる。

受～的關照、照顧。

いろいろお世話(せわ)になりました。

承蒙您多方的關照。

どうもお世話(せわ)になりました。	謝謝您的關照。
彼(かれ)にはたいそうお世話(せわ)になりました。	得到他多方的援助。
昨年(さくねん)はいろいろお世話(せわ)になりました。	去年承蒙您多方的照顧。
先生(せんせい)にはいつもお世話(せわ)になっております。	我經常受到老師的照顧。
本当(ほんとう)にお世話(せわ)になりました。	真的很感謝您各方面的關照。

いろいろお世話(せわ)になりました。

「お世話になる」是自謙性的寒暄語，用在感謝關照自己、幫忙自己的人時，可以譯作“感謝～的關照”、“承蒙～的幫助”等。

單字

たいそう	很，非常
昨年（さくねん）	去年
いつも	經常
本当（ほんとう）	非常
飲（の）み物（もの）	飲料
乾杯（かんぱい）	乾杯
今後（こんご）	今後，以後

休息一下　聊聊天

A：飲（の）み物（もの）が来（き）ましたよ。
飲料來了喔。

B：とりあえず乾杯（かんぱい）しましょう。
首先，乾杯一下吧！

A：乾杯（かんぱい）。
乾杯！

B：いろいろお世話（せわ）になりました。今後（こんご）ともよろしく。
承蒙您多方的照顧。以後也請多多關照。

A：こちらこそよろしく。
那裡那裡，也請你多多指教。

MP3-35

34　お～ください。

請您～。

どうぞお掛(か)けください。

請坐。

お入(はい)りください。	請進。
ちょっとお待(ま)ちください。	請稍等一下。
お名前(なまえ)をお書(か)きください。	請填寫您的姓名。
どうぞお立(た)ちください。	請站起來。
エレベーターをご利用(りよう)ください。	請利用電扶梯。

どうぞお掛(か)けください。

お<u>動詞連用形</u>ください。

表示說話人請求對方做某事。句子的主詞即是動作主體，相當於「～てください」等，但語氣上對動作者更為尊重。可以譯為“請～”。

單字

掛(か)ける	坐
入(はい)る	進入
待(ま)つ	等待
立(た)つ	站立
エレベーター	電扶梯
次(つぎ)の方(かた)	下一位
なさる	（なす的敬語）做
パーマ	燙髮

休息一下　聊聊天

A：次(つぎ)の方(かた)どうぞ。
下一位請。

B：はい。
好的。

A：どうぞお掛(か)けください。今日(きょう)はどうなさいますか。
請坐，今天要怎麼整理？

B：パーマをお願(ねが)いします。
我要燙頭髮。

MP3-36

35 お～になってください。

請（您）～。

少々お待ちになってください。

請您等一下。

お名前をお書きになってください。	請填上您的尊姓大名。
パスポートをお出しになってください。	請您出示護照。
ぜひまたお出でになってください。	請您一定再來。
社長はいつ頃お帰りになりますか。	社長什麼時候回來？
夜は何時にお休みになりますか。	晚上您幾點休息呢？

少々お待ちになってください。

お<u>動詞連用形</u>になります

用在表示對方或第三者動作的動詞上，用以向動作行為的發出者表示尊敬。

單字

少々（しょうしょう）	一會兒
出（だ）す	拿出
ぜひ	一定
お出（い）で	（行く、來る等的敬語）來、去
頃（ごろ）	時候
賃貸（ちんたい）	出租
契約書（けいやくしょ）	契約書
印鑑（いんかん）	印章

休息一下　聊聊天

A：こちらは賃貸（ちんたい）の契約書（けいやくしょ）です。
　這裡是出租契約書。

B：ここは何（なに）を書（か）くんですか。
　這裡要填什麼？

A：今（いま）のご住所（じゅうしょ）とお名前（なまえ）をお書（か）きになってください。
　請您填寫現在的住址跟貴姓大名。

B：住所（じゅうしょ）と名前（なまえ）ですね。
　住址跟姓名是吧。

A：はい。そして下（した）に印鑑（いんかん）をお願（ねが）いします。
　是的，然後下面請蓋印章。

MP3-37

36 ～で、～。

以～。而～。因為～。

私(わたし)は日本語(にほんご)でレポートを書(か)きます。

我用日語寫報告。

マリさんはフォークでご飯(はん)を食(た)べます。	瑪莉小姐用叉子吃飯。
航空便(こうくうびん)でお願(ねが)いします。	請用航空寄。
麦(むぎ)でビールをつくります。	用小麥做啤酒。
ビザは半年(はんとし)で切(き)れます。	簽證半年到期。
彼(かれ)は病気(びょうき)で、学校(がっこう)を休(やす)みました。	他因為生病，學校休息了。

私(わたし)は日本語(にほんご)でレポートを書(か)きます。

體言で。

助詞「で」表示主體行為的場所、方式、方法、原因和手段等意。

單字

レポート	報告
フォーク	叉子
航空便（こうくうびん）	航空信
麦（むぎ）	小麥
ビザ	簽證
切（き）れる	到期
小包（こづつみ）	小包裹
船便（ふなびん）	海運

休息一下　聊聊天

A：この小包（こづつみ）を台湾（たいわん）までお願（ねが）いします。
我要寄這個小包裹到台灣。

B：航空便（こうくうびん）ですか、船便（ふなびん）ですか。
要寄航空，還是海運？

A：船便（ふなびん）だとどのぐらいかかりますか。
海運要花多少時間？

B：一ヶ月（いっかげつ）ぐらいかかります。
一個月左右。

A：航空便（こうくうびん）でお願（ねが）いします。
那就寄航空吧。

MP3-38

37 ～ため（に）～。

～是為了～。

日本文学を研究するためです。	為了研究日本文學。
体のために早起きしています。	為健康而早起。
結婚のため、お金をためています。	為了結婚而正在存錢。
日本へ行くために日本語を勉強しています。	為了去日本，而學習日語。
雨が降ったため、試合を止めました。	因為下雨，比賽停止。
頭が痛いのは、風邪のためです。	頭痛是因為感冒了。

日本文学を研究するためです。

用言連體形 ／ 體言の ｝ために，～。

表示目的、原因、理由。

(1) 表示目的，為了一個目標而積極努力，下文多為積極主動的述語。可譯為“為了～”。如①②③句。

(2) 表示原因、理由，多為由於上文，引起下文不尋常的結果，消極結果為多。可譯為“由於～而～”。如④⑤句。

單字

頭（あたま）	頭
早起（はやお）き	早起
結婚（けっこん）	結婚
ためる	儲蓄
降（ふ）る	下（雨）
試合（しあい）	比賽
止（や）める	中止
えらい	偉大，了不起

休息一下　聊聊天

A：何（なん）のために日本（にほん）に来（き）たのですか。
　　你是為了什麼到日本來的？

B：日本（にほん）文学（ぶんがく）を研究（けんきゅう）するためです。
　　為了研究日本文學。

A：えらいですね。でも、大変（たいへん）でしょう。
　　真了不起。但是，很辛苦吧！

B：大変（たいへん）です。
　　很辛苦的。

MP3-39

38 ～や～など。

～和～等。

学校(がっこう)で日本語(にほんご)や英語(えいご)などを勉強(べんきょう)します。

在學校裡學習日語和英語等。

部屋(へや)にはトイレやお風呂(ふろ)などがあります。	房間裡有廁所和浴室等。
キャンパスには教室(きょうしつ)や図書館(としょかん)などがあります。	校園有教室和圖書館等。
礼金(れいきん)や敷金(しききん)などは必要(ひつよう)ですか。	禮金和押金等是必要的嗎？
お酢(す)やサラダ油(ゆ)などもあそこですね。	醋和沙拉油等也在那裡吧！
新聞(しんぶん)やテレビなどで報道(ほうどう)します。	報紙和電視等進行報導。

学校(がっこう)で日本語(にほんご)や英語(えいご)などを勉強(べんきょう)します。

「や」表示並列，用於舉例說明，從同類事物中列舉幾個例子時。用「や」舉例時，最後一個名詞後面常加「など」，用以強調列舉的事項不是全部。

單字

部屋（へや）	房間
トイレ	廁所
お風呂（ふろ）	浴室
キャンパス	校園
礼金（れいきん）	禮金
敷金（しききん）	押金
お酢（す）	醋
報道（ほうどう）	報導

休息一下　聊聊天

A：あの、醤油（しょうゆ）はどこにありますか。
請問，醬油放在哪裡？

B：食料品（しょくりょうひん）のところです。突（つ）き当（あ）たりです。
在食品處。就在這盡頭。

A：お酢（す）やサラダ油（ゆ）などもあそこですね。
醋跟沙拉油等也在那裡吧！

B：はい、同（おな）じ所（ところ）です。
是的，同一個地方。

MP3-40

39　～になっています。

成為～。是～。

駅の前は広場になっています。

車站前是一個廣場。

9万円になっていますよ。	賣9萬日圓。
別荘の前は海になっています。	別墅前面是一片海。
今、ここは公園になっています。	現在，這裡是一片公園。
ビルの後ろは運動場になっています。	大樓後面是一個操場。
ビザは半年になっていますね。	你的簽證期限是半年呀！

駅の前は広場になっています。

體言になっています。

表示成為某種狀態，導致某種結果。可譯為“成為～”。

單字

広場（ひろば）	廣場
円（えん）	日圓
別荘（べっそう）	別墅
ビル	大樓
運動場（うんどうじょう）	運動場
ソニー	SONY
製品（せいひん）	產品
セール	拍賣

休息一下　聊聊天

A：あのう、テレビがほしいのですが。
對不起，我想買電視。

B：こちらはいかがですか。
這個怎麼樣？

A：ソニーの製品（せいひん）ですね。
是 sony 的產品嗎？

B：はい、セール中（ちゅう）ですから、9万円（きゅうまんえん）になっていますよ。
是啊，因為是拍賣期間，才賣九萬日圓。

A：もう少（すこ）し考（かんが）えてみます。
我再考慮一下。

MP3-41

40 ～てきました。

～起來。

だいぶ慣れてきました。

習慣多了。

ここも発展してきました。	這裡也發展起來了。
パソコンの使い方がわかってきました。	我漸漸知道了個人電腦的操作方法。
日が短くなってきました。	白天變短了。
今、日本人の食生活も変わってきました。	現在，日本人的飲食習慣開始發生變化。
彼は気が短くなってきました。	他的脾氣越來越壞了。

だいぶ慣れてきました。

動詞連用形てくる。

表示隨時間變化某狀況開始或逐漸發生變化。可譯成“～起來”。

單字

だいぶ	頗，很
慣（な）れる	習慣
発展（はってん）	發展
パソコン	個人電腦
使（つか）い方（かた）	使用方法
食生活（しょくせいかつ）	飲食生活
気（き）が短（みじか）い	壞脾氣
親（した）しい友達（ともだち）	親友

休息一下　聊聊天

A：周（しゅう）さん、日本（にほん）の生活（せいかつ）はどうですか。
小周，日本的生活怎麼樣？

B：だいぶ慣（な）れてきました。
習慣多了。

A：親（した）しい友達（ともだち）はいますか。
有知心朋友嗎？

B：まだいません。
還沒有。

TOKYO

Chapter 3

MP3-42

41 ～うまく（順調に）いきます。

～進展得順利。

仕事はうまくいきました。

工作進行得很順利。

すべて順調にいきました。	所有的都進展得很順利。
論文の方は順調にいきましたか。	論文進行得順利嗎？
お陰様で、うまくいきました。	託您的福，進行得很順利。
手術は順調にいきましたか。	手術進行得順利嗎？
完全にうまくいきました。	完全都進展得很順利。

仕事はうまくいきました。

「うまくいく」是由形容詞「うまい」的連用形和動詞「いく」構成，表示“事情等進行（進展）得順利”之意。

單字

仕事（しごと）	工作
すべて	所有，完全
論文（ろんぶん）	論文
お陰様（かげさま）	託福
手術（しゅじゅつ）	手術
完全（かんぜん）	完全

休息一下　聊聊天

A：論文（ろんぶん）の方（ほう）は順調（じゅんちょう）にいきましたか。
論文進展得順利嗎？

B：はい、お陰様（かげさま）で、うまくいきました。
託你的福，進展得挺順利的。

A：それはよかったですね。
那就太好了。

B：ありがとうございました。
謝謝。

MP3-43

42 ～か、それとも～か。

是～，還是～？

これは馬(うま)ですか、それとも牛(うし)ですか。

這是馬，還是牛？

あれは熊(くま)ですか、それともパンダですか。	那是熊，還是貓熊？
あの人(ひと)は女(おんな)ですか、それとも男(おとこ)ですか。	那個人是女人，還是男人？
こちらにしますか、それともあちらにしますか。	您是要這個呢，還是要那個？
彼(かれ)は病気(びょうき)でしょうか、それとも失恋(しつれん)でしょうか。	他是生病了還是失戀了？
あなたが来(き)ますか、それとも私(わたし)が行(い)きますか。	你來或者我去？

これは馬(うま)ですか、それとも牛(うし)ですか。

「それとも」表示二者選一，構成「是Ａ還是Ｂ」的疑問句。

單字

馬（うま）	馬
牛（うし）	牛
熊（くま）	熊
パンダ	貓熊
男（おとこ）	男人
失恋（しつれん）	失戀
オカマ	人妖

休息一下　聊聊天

A：あの人（ひと）は女（おんな）ですか、それとも男（おとこ）ですか。
　　那個人是女人，還是男人？

B：女（おんな）でしょう。
　　是女人吧！

A：いいえ、男（おとこ）だと思（おも）います。
　　才不，我想是男的。

C：あの人（ひと）はオカマですよ。
　　那個人是人妖。

～にします。

要～。決定～。

私（わたし）はコーヒーにします。

我要咖啡。

何（なに）にしますか。	您要什麼？
これにします。	我要這個。
帰（かえ）りは三時（さんじ）にしましょう。	返回時間定在三點吧！
留学（りゅうがく）は日本（にほん）にしました。	留學決定去日本了。
こちらにしますか、あちらにしますか。	要在這裡還是那裡？

私（わたし）はコーヒーにします。

體言、副助詞にします。

表示選擇、決定。翻譯可視情況而決、比較靈活。

單字

コーヒー	咖啡
三時（さんじ）	三點
留学（りゅうがく）	留學
アパート	公寓
いかが	如何
家賃（やちん）	租金
バス	公車

休息一下　聊聊天

A：あの、アパートをかりたいのですが。
　麻煩，我想租公寓。

B：これはいかがですか。
　這間怎麼樣？

A：家賃（やちん）は。
　租金要多少？

B：45,000 円（えん）です。それにバス、トイレ付（つ）き　ですよ。
　45000 日圓，而且附有浴室跟廁所的。

A：じゃ、それにします。
　那，就（決定）那間了。

MP3-45

～ほうがいい。

還是～好。最好～。

電車の方がいいです。

最好是坐電車。

もう少し勉強した方がいいです。	最好多學習些。
今は行かない方がいいです。	現在最好不要去。
あの仕事は断った方がいいです。	那個工作還是拒絕了好。
タバコを吸わない方がいいです。	最好不要抽煙。
やっぱり洋服の方が便利でしょう。	還是西式服裝方便些吧！

電車の方がいいです。

體言の
用言連體形 ｝ほうがいい。

表示建議、勸告或說話人自己的態度主張。有時常用「～たほうがいい」，跟「動詞連體形ほうがいい」沒有區別。可譯為“還是～好”等。

單字

断(ことわ)る	拒絕
タバコ	煙
吸(す)う	抽
洋服(ようふく)	西式服裝
ふだん	平常
着物(きもの)	和服
祭日(さいじつ)	節日
めでたい	喜慶的

休息一下　聊聊天

A：あなたはふだん着物(きもの)を着(き)ますか。
平時你穿和服嗎？

B：いいえ、ふだんは洋服(ようふく)を着(き)ます。
不，平時穿西式服裝。

A：和服(わふく)はどんな場合(ばあい)に着(き)ますか。
什麼時候穿和服呢？

B：祭日(さいじつ)など、めでたい日(ひ)に着(き)ます。
在節日等喜慶的日本穿和服。

A：やっぱり洋服(ようふく)の方(ほう)が便利(べんり)でしょうね。
還是西式服裝方便些吧。

MP3-46

45 ～て（で）～。

～而～。既～又～。

ここの銭湯（せんとう）は広（ひろ）くて、明（あか）るいです。

這裡的公共澡堂既寬敞又明亮。

このリンゴは大（おお）きくて、おいしいです。	這個蘋果又大又好吃。
あの店（みせ）はおいしくて、安（やす）いです。	那家店又好吃又便宜。
あそこは遠（とお）くて、不便（ふべん）です。	那裡既遠又不方便。
彼女（かのじょ）は若（わか）くて、きれいです。	她又年輕又漂亮。
このあたりは静（しず）かで、便利（べんり）です。	這附近既安靜又方便。

ここの銭湯（せんとう）は広（ひろ）くて、明（あか）るいです。

形容詞詞尾「い」轉變成「く」，再接「て」連接形容詞或形容動詞；形容動詞詞尾「だ」變成「で」連接形容詞或形容動詞，可以表示並列。

單字

銭湯（せんとう）	公共澡堂
広い（ひろい）	寬廣
明るい（あかるい）	明亮
若い（わかい）	年輕
きれい	漂亮
あたり	附近
静か（しずか）	安靜

休息一下　聊聊天

A：あの店（みせ）はおいしくて、安（やす）いです。
那家店既好吃又便宜。

B：すごく込（こ）んでますね。
人好多喔。

A：待（ま）ちますか。
要等嗎？

B：待（ま）ちましょう。
等吧！

46 ～へ～にいきます。

去做～。

友達(ともだち)の家(いえ)へ遊(あそ)びに行(い)きます。

去朋友家玩。

駅(えき)へ彼(かれ)を迎(むか)えに行(い)きましょう。	到車站接他去吧！
いっしょに食事(しょくじ)に行(い)きましょう。	我們一起去吃飯吧？
川(かわ)へ洗濯(せんたく)に行(い)きます。	去河邊洗衣服。
銀座(ぎんざ)へ映画(えいが)を見(み)に行(い)きましょう。	去銀座看電影吧！
デパートへ買(か)い物(もの)しに行(い)きました。	去百貨公司買東西。

友達(ともだち)の家(いえ)へ遊(あそ)びに行(い)きます。

體言へ { 名詞 / 動詞連用形 } に行きます。

表示去某地做某事，可譯為“去～（地點）～（動作）”。其中「に」是助詞，接在動詞連用形或名詞後可以表示目的。

單字

遊び（あそび）	遊玩
迎え（むかえ）	迎接
食事（しょくじ）	吃飯
洗濯（せんたく）	洗衣服
映画（えいが）	電影
パーッと	瘋一下
カラオケ	卡拉ＯＫ

休息一下　聊聊天

A：今日（きょう）は最後（さいご）の夜（よる）ですね。
今天是最後一個晚上了。

B：そうですね。今夜（こんや）はパーッといきましょう。
是呀！今天晚上就瘋它一下吧！

A：じゃ、銀座（ぎんざ）へ映画（えいが）を見（み）に行（い）きませんか。
那，上銀座看電影吧！

B：それより、カラオケへ行（い）って、みんなで歌（うた）いましょう。
倒不如，上卡拉ＯＫ大家唱唱歌。（現多以 KTV、夜店為主。）

MP3-48

ちょっと～へ行って来ます。

去～就來。

ちょっと郵便局へ行って来ます。

我到郵局去一下。

ちょっと銀行へ行って来ます。	我到銀行去一下。
ちょっとスーパーへ行って来ます。	我到超市去一下。
ちょっと酒屋へ行って来ます。	我到小酒館去一下。
ちょっとデパートへ行って来ます。	我到百貨公司去一下。
ちょっと友達の家へ行って来ます。	我到朋友的家去一下。

ちょっと郵便局へ行って来ます。

<u>動詞連用形</u>て来ます。

表示出去做完某動作後回到說話地點，可譯為“～回來”、“～一趟”、“去～一下”等。

單字

郵便局（ゆうびんきょく）	郵局
銀行（ぎんこう）	銀行
スーパー	超市
酒屋（さかや）	小酒館
ただいま	我回來了
お帰（かえ）りなさい	回來了

休息一下　聊聊天

A：ちょっとスーパーへ行（い）って来（き）ます。
我到超市去一下。

B：はい。気（き）をつけて。
知道了，小心點。

A：行（い）って来（き）ます。
我走啦。

B：行（い）ってらっしゃい。
你去吧。

A：ただいま。
我回來了。

B：お帰（かえ）りなさい。
你回來啦。

MP3-49

48 ～（さ）せてください。

請讓我做～。

ちょっと見(み)せてください。

請讓我看一下。

ちょっと通(とお)らせてください。	請讓我過一下。
ちょっとやらせてください。	請讓我試試看。
少(すこ)し考(かんが)えさせてください。	請讓我考慮一下。
試験(しけん)を受(う)けさせてください。	請讓我參加考試。
今日(きょう)、休(やす)ませてください。	今天，請讓我休息。

ちょっと見(み)せてください。

- 五段動詞未然形せてください。
- 上一、下一、カ變動詞未然形させてください。
- サ變動詞語幹させてください。

表示請求對方允許自己做某事，或請求對方讓第三者做某事，可以譯為“請讓我～”、“請允許我～”、“請讓（他）～”。

單字

通る（とおる）	通過
やる	做
考える（かんがえる）	考慮
試験（しけん）	考試
受ける（うける）	接受
引っ越す（ひっこす）	搬家
荷物（にもつ）	物品，行李
多い（おおい）	多

休息一下　聊聊天

A：ちょっと通（とお）らせてください。
請讓我過一下。

B：あっ、すみません。
啊！真是對不起。

A：いえいえ、引（ひ）っ越（こ）しは大変（たいへん）ですね。
哪裏哪裏，搬家夠累吧。

B：ええ、荷物（にもつ）が多（おお）くてね…。
是啊，東西多嘛…。

MP3-50

49 いっしょに～ませんか。

一起～，怎麼樣？

いっしょに夕食(ゆうしょく)を食(た)べませんか。

一起吃晚飯怎麼樣？

いっしょに～ませんか。	一起～，怎麼樣？
いっしょに遊(あそ)びに行(い)きませんか。	一起去玩怎麼樣？
いっしょに映画(えいが)を見(み)ませんか。	一起看電影怎麼樣？
いっしょにコーヒーを飲(の)みませんか。	一起喝咖啡怎麼樣？
いっしょに温泉旅行(おんせんりょこう)に行(い)きませんか。	一起去洗溫泉旅行怎麼樣？
いっしょに研究会(けんきゅうかい)をやりませんか。	一起做研究怎麼樣？

いっしょに夕食(ゆうしょく)を食(た)べませんか。

這個句型表示對他人的勸誘、邀請等意思。可譯為「不一起～嗎？」或「一起～怎麼樣？」

單字

單字	中文
夕食（ゆうしょく）	晚餐
温泉旅行（おんせんりょこう）	洗溫泉旅行
研究会（けんきゅうかい）	研究會
お暇（ひま）	空暇
予定（よてい）	預定
明日（あした）	明天

休息一下　聊聊天

A：高橋（たかはし）さん、今晩（こんばん）お暇（ひま）ですか。
高橋小姐，今晚有空嗎？

B：えっ。
啊。

A：いっしょに夕食（ゆうしょく）を食（た）べませんか。
一起吃晚餐，怎麼樣？

B：今晩（こんばん）はもう予定（よてい）がありますが。
今晚已經有約了。

A：そうですか。では明日（あした）の晩（ばん）はいかがですか。
是嗎。那明天晚上怎麼樣？

B：あしたもちょっと…。
明天也（有約了）…。

MP3-51

50　～が好(す)きです。

喜歡～。

私(わたし)は旅行(りょこう)が好(す)きです。

我喜歡旅行。

彼女(かのじょ)は甘(あま)いものが好(す)きです。	她喜歡甜食。
田中(たなか)さんはニンニクがきらいです。	田中先生討厭蒜頭。
男(おとこ)の人(ひと)はたいてい野球(やきゅう)が好(す)きです。	男人一般都喜歡棒球。
きれいなお姉(ねえ)さんが好(す)きですか。	你喜歡漂亮的小姐嗎？
日本(にほん)のお菓子(かし)が好(す)きですか。	你喜歡日本的糕點嗎？

私(わたし)は旅行(りょこう)が好(す)きです。

這是表示愛好、厭惡某事的句型，在這個句型裡，「旅行」是「好きです」的對象語，「好きです」的相反詞是「きらいです」。

單字

甘(あま)い	甜的
ニンニク	蒜頭
たいてい	大都，普通
野球(やきゅう)	棒球
お菓子(かし)	糕點
しかし	但是
辛(から)い	辣的

休息一下　聊聊天

A：日本(にほん)のお菓子(かし)は好(す)きですか。
你喜歡日本的糕點嗎？

B：ええ、しかし私(わたし)には少(すこ)し甘(あま)いです。
喜歡，但是對我而言，是稍微甜了些。

A：あなたは辛(から)いものの方(ほう)が好(す)きですか。
你比較喜歡辣的嗎？

B：ええ、辛(から)いものの方(ほう)が好(す)きです。
是的，我比較喜歡辣的。

MP3-52

51 ～と～と、どちらがすきですか。

～和～，你喜歡～。

刺身(さしみ)と天(てん)ぷらと、どちらがすきですか。

生魚片和炸蝦，你喜歡哪一種？

ワインは白(しろ)と赤(あか)と、どちらがすきですか。	葡萄酒有白的和紅的，你喜歡哪一種？
彼女(かのじょ)と私(わたし)と、どちらがすきですか。	她和我，你喜歡哪一個？
シャワーとお風呂(ふろ)と、どちらがすきですか。	淋浴和泡澡，你喜歡哪一種？
東京(とうきょう)と京都(きょうと)と、どちらが古(ふる)いですか。	東京和京都，哪一個古老？
私(わたし)と陳(ちん)さんと、どちらがきれいですか。	我和陳小姐，哪一個漂亮？

刺身(さしみ)と天(てん)ぷらと、どちらがすきですか。

名詞と名詞と，どちらが {形容詞 / 形容動詞} か。

表示二者擇一。可譯作“在～與～中，哪個～？”、“～跟～，哪個～？”等。其中「どちら」是疑問代名詞，表示“哪一個”、“哪一邊”的意思。

單字

刺身（さしみ）	生魚片
天（てん）ぷら	炸蝦
ワイン	葡萄酒
白（しろ）	白的
赤（あか）	紅的
シャワー	淋浴
古（ふる）い	古老

休息一下　聊聊天

A：飲（の）み物（もの）は何（なに）にしますか。
你要點什麼飲料？

B：ワインにします。
我點葡萄酒。

A：ワインは白（しろ）と赤（あか）とどちらが好（す）きですか。
葡萄酒有白的跟紅的，你喜歡哪一種？

B：ええと、赤（あか）の方（ほう）が好（す）きです。
嗯，我喜歡紅的。

MP3-53

52 ～中です。

正在～之中。

課長(かちょう)は今外出中(いまがいしゅつちゅう)です。

課長現在不在（外出中）。

鈴木(すずき)さんは今出張中(いましゅっちょうちゅう)です。	鈴木先生出差了。
高橋君(たかはしくん)は休(やす)み中(ちゅう)です。	高橋君現在正休假。
社長(しゃちょう)は会議中(かいぎちゅう)です。	社長現在在開會。
エアコンは故障中(こしょうちゅう)です。	空調故障中。
この事件(じけん)は調査中(ちょうさちゅう)です。	這個事件正在調查中。

課長(かちょう)は今外出中(いまがいしゅつちゅう)です。

「～中」表示在某個時間內一直持續做某一動作。如「お話し中」表示“正在講話之中”，也有“正占著線”等意思。

單字

外出（がいしゅつ）	外出
出張（しゅっちょう）	出差
休暇（きゅうか）	休假
エアコン	空調
故障（こしょう）	故障
事件（じけん）	事件
戻（もど）る	回來

休息一下　聊聊天

A：もしもし、鈴木（すずき）課長（かちょう）はいらっしゃいますか。
喂！喂！鈴木課長在嗎？

B：あいにく、今（いま）外出中（がいしゅつちゅう）ですが。
很不巧，他人現在不在（外出中）。

A：いつ、お戻（もど）りになりますか。
那他什麼時候回來？

B：あと一時間（いちじかん）ぐらいだと思（おも）います。
我想一個小時左右吧。

A：わかりました、ではまたかけ直（なお）します。
我知道了，那我再打電話。

MP3-54

53 ～をお願(ねが)いします。

請您～。請給我～。

1082号室(ごうしつ)をお願(ねが)いします。

請接 1082 號房。

田中(たなか)さんをお願(ねが)いします。	請接田中先生。
救急車(きゅうきゅうしゃ)をお願(ねが)いします。	請派救護車來。
チェックインをお願(ねが)いします。	麻煩，我要住宿登記。
お勘定(かんじょう)をお願(ねが)いします。	請幫我算帳。
コーヒーをお願(ねが)いします。	請給我咖啡。

1082号室(ごうしつ)をお願(ねが)いします。

這一句型表示請求或要求對方做某事。可譯為“請～”等。

單字

～号室（ごうしつ）	～號房
救急車（きゅうきゅうしゃ）	救護車
チェックイン	住宿登記
お勘定（かんじょう）	付帳
フロント	櫃台
まわす	轉到
かしこまりました	好的

休息一下　聊聊天

A：プリンスホテルでございます。
王子飯店您好。

B：１０８２号室（ごうしつ）をお願（ねが）いします。
請接 1082 號房。

A：少々（しょうしょう）お待（ま）ちください。
請稍等一下。

どなたも出（で）ませんが。
沒有人接電話。

B：それでは、フロントにまわしてください。
那麼，請幫我轉到櫃台。

A：かしこまりました。
好的。

MP3-55

54 ～をお願(ねが)いできますか。

能否請幫（給）我～？

伝言(でんごん)をお願(ねが)いできますか。

能否請您轉告一下？

メッセージをお願(ねが)いできますか。	能否請您轉告一下？
担当者(たんとうしゃ)をお願(ねが)いできますか。	能否請您找負責人？
お電話(でんわ)をお願(ねが)いできますか。	能否請您給我一個電話？
英語(えいご)のできる方(かた)をお願(ねが)いできますか。	能否請您找一位會英語的人？
ほかの方(かた)をお願(ねが)いできますか。	能否請其它人聽電話？

伝言(でんごん)をお願(ねが)いできますか。

這一句型表示說話人對對方的請求。它比「～をお願いします」的“請求”語氣更加明顯，請求態度更謙恭。「願います」是動詞，表示“請求”。與自謙語的可能態的構詞形式「お～できます」組成。可以譯成“能否請您為我～”、“能否麻煩您～”。

單字

伝言（でんごん）	傳話
メッセージ	傳話
担当者（たんとうしゃ）	負責人
電話（でんわ）	電話
ほかの方（かた）	其它人
いらっしゃる	（いる的敬語）在

休息一下　聊聊天

A：もしもし、山本（やまもと）さんはいらっしゃいますか。
　喂！喂！山本先生在嗎？

B：山本（やまもと）さんは今（いま）ちょうど外出（がいしゅつ）していますが。
　山本先生現在不在。

A：そうですか。では伝言（でんごん）をお願（ねが）いできますか。
　是嗎。能否請幫我傳個話。

B：はい、どうぞ。
　好的，請說。

MP3-56

55 ～がほしいんですが。

想要～。想買～。

カメラがほしいんですが。

我想要照相機。

テレビがほしいんですが。	我想要電視。
あなたは何(なに)がほしいんですか。	你想要什麼？
私(わたし)は自由(じゆう)な時間(じかん)がほしいんです。	我想要自由的時間。
私(わたし)は友達(ともだち)がほしいです。	我想要朋友。
私(わたし)は金(かね)と暇(ひま)がほしいです。	我想要錢跟閒暇。

カメラがほしいんですが。

「ほしい」是形容詞，意思相當於中文的“想要～”。這是表示希望得到某物的句型「金と暇」是「ほしい」的對象，即想要得到的物品。主詞一般是第一人稱。

單字

カメラ	照相機
テレビ	電視
自由（じゆう）	自由
おまわりさん	警察
終電（しゅうでん）	末班車
乗り遅れる（のりおくれる）	擔誤乘（車、船等）
タクシー代（だい）	計程車費

休息一下　聊聊天

A：すみません。おまわりさん。
對不起，警察先生。

B：はい、なんでしょう。
什麼事？

A：終電（しゅうでん）に乗り（の）遅れ（おく）ました。
我沒坐上末班車。

B：それで。
然後呢？

A：タクシー代（だい）を貸（か）してほしいんですが。
我須要計程車費。

MP3-57

56 もう～。

已經～。再～。

夏休みはもう始まりました。

暑假已經開始了。

今からではもう遅いです。	現在開始已經來不及了。
お客さんはもう来ました。	客人已經來了。
もう一つどうぞ食べてください。	請再吃一個。
もう少しがまんしなさい。	再忍耐一些時候吧！
もう一軒、飲みに行きましょう。	再到另一家，喝酒去吧！

夏休みはもう始まりました。

副詞「もう」相當於中文的“已經”之意，「もう」和「～ました」相呼應，表示某事或某種情況已經發生或完了。「もう」也有“再”、“另外”的意思。

單字

夏休み（なつやすみ）	暑假
今（いま）	現在
遅い（おそい）	遲
がまん	忍耐
一軒（いっけん）	一家
つきあう	作陪、交際

休息一下　聊聊天

A：もう一軒（いっけん）、飲（の）みに行（い）きましょう。
再到另一家喝酒去吧！

B：もう遅（おそ）いから、帰（かえ）ります。
已經太晚了，我要回家了。

A：電車（でんしゃ）はもうないですよ。
已經沒有電車了。

B：でも…。
可是……。

A：もうちょっと、つき合（あ）ってくださいよ。
再陪我一下嘛。

MP3-58

57 ～のほかに～。

除～外，其它還～。

トマトのほかに、何(なに)かいりますか。

除了蕃茄之外，其它還需要什麼？

刺身(さしみ)のほかに、どんなものが好(す)きですか。	除了生魚片之外，你還喜歡什麼？
タマネギのほかに、ピーマンもほしいんです。	除了洋蔥之外，還想買些青椒。
教科書(きょうかしょ)のほかに、参考書(さんこうしょ)も勉強(べんきょう)しました。	除了教科書之外，還讀了參考書。
葡萄(ぶどう)は食(た)べるほかに、葡萄酒(ぶどうしゅ)も作(つく)れます。	葡萄除了食用以外，也可以釀成葡萄酒。
小説(しょうせつ)を書(か)いたほかに、歌(うた)も作(つく)りました。	除了寫小說以外，還創作歌。

刺身(さしみ)のほかに、どんなものが好(す)きですか。

用言連體形
體言 } ほかに。

表示添加、遞進。可譯為“除了～還～”。

單字

トマト	蕃茄
タマネギ	洋蔥
ピーマン	青椒
教科書（きょうかしょ）	教科書
参考書（さんこうしょ）	參考書
葡萄（ぶどう）	葡萄
小説（しょうせつ）	小說

休息一下　聊聊天

A：いらっしゃいませ。
歡迎光臨。

B：トマトください。
請給我蕃茄。

A：トマトのほかに、何（なに）かいりますか。
除蕃茄以外，其它還需要什麼？

B：じゃ、にんじんください。
那麼，請給我胡蘿蔔。

MP3-59

58 ～て（で）いただけませんか。

能請您給我～嗎？

地図を書いていただけませんか。

能請您幫我畫個地圖嗎？

切符の買い方を教えていただけませんか。	能請您教我怎麼買車票嗎？
保証人になっていただけませんか。	能請您當我的保證人嗎？
十五分ほど待っていただけませんか。	能請您等我一刻鐘嗎？
あとで知らせていただけませんか。	能請您回頭通知我一下嗎？
ちょっと手伝っていただけませんか。	能請您幫我一下嗎？

地図を書いていただけませんか。

動詞連用形ていただけません（か）

表示説話人直接請求對方做某事，與「～てください」意思接近，但是比之委婉客氣，並強調説話人的意志、願望。可譯為“能否請您為我做～”。

單字

地図（ちず）	地圖
待つ（まつ）	等待
保証人（ほしょうにん）	保證人
あと	隨後
知らせる（しらせる）	通知
手伝う（てつだう）	幫忙

休息一下　聊聊天

A：そごうデパートはどこですか。
太平洋百貨在哪裡？

B：まっすぐ行（い）って、右（みぎ）に曲（ま）がるとあります。
直走再右轉。

A：地図（ちず）を書（か）いていただけませんか。
能請您幫我畫個地圖嗎？

B：いいですよ。
好啊！

59 ～でいいです。
～就行了。可以～。

これは1000円(えん)でいいです。

這個1000日圓就行了。

こんなやり方(かた)でいいんですか。	用這種方法可以嗎？
帰(かえ)っていいですよ。	可以回去了。
私(わたし)は紅茶(こうちゃ)でいいです。	我紅茶就行了。
この電話(でんわ)を使(つか)っていいですか。	可以用這個電話嗎？
気(き)にしないでいいですよ。	你不用放在心上。

これは1000円(えん)でいいです。

用言連用形ていいです。

體言
形容動詞語幹
動詞未然形ない
} でいいです。

表示認可，可譯為“～就行”、“可以～”等。

單字

やり方（かた）	作法，方法
紅茶（こうちゃ）	紅茶
使う（つか）	使用
気にする（き）	在意
Tシャツ	運動衫
二枚（にまい）	二件
まける	讓價

休息一下　聊聊天

A：このTシャツいくらですか。
這件運動衫多少錢？

B：1300円（えん）です。
1300 日圓。

A：二枚（にまい）買（か）うので少（すこ）しまけてください。
我買二件，請算便宜一點吧！

B：じゃあ、2000円（えん）でいいですよ。
好啦，2000 日圓就行了！

MP3-61

60 ～に～。

～在～。

私(わたし)は６時半(じはん)に起(お)きます。

我六點半起床。

王(おう)さんは１月(いちがつ)に日本(にほん)へ行(い)きます。	王先生一月去日本。
私(わたし)は３時(じ)に帰(かえ)ります。	我三點回去。
友達(ともだち)は日曜日(にちようび)に美術館(びじゅつかん)へ行(い)きます。	朋友星期天去美術館。
夏休(なつやす)みは旅行(りょこう)へ行(い)きます。	暑假要去旅行。
毎日(まいにち)何時(なんじ)に学校(がっこう)へ来(き)ますか。	你每天幾點到學校來？

私(わたし)は６時半(じはん)に起(お)きます。

「六時半」是時間名詞，「に」是助詞表示時間。表示動作進行的時間時，要在時間名詞後面加「に」。「六時半に」修飾「起きます」，說明起床這一動作進行的時間。

單字

6時半（じはん）	六點半
起（お）きる	起床
日曜日（にちようび）	星期日
美術館（びじゅつかん）	美術館
始（はじ）まる	開始
毎日（まいにち）	每天
たいてい	大概，大都

休息一下　聊聊天

A：中村（なかむら）さんは毎日（まいにち）何時（なんじ）に学校（がっこう）へ来（き）ますか。
中村先生每天幾點到學校來？

B：たいてい９時頃（じごろ）来（き）ます。
大都九點左右來。

A：李（り）さんも９時頃（じごろ）来（き）ますか。
李小姐也是九點左右來的嗎？

B：はい、そうです。
是的。

東
TOKYO

Chapter 4

MP3-62

61 ～の中(なか)で、～が一番(いちばん)～。

～之中，～最～。

スポーツの中(なか)で、何(なに)が一番(いちばん)好(す)きですか。

體育活動之中，你最喜歡什麼？

果物(くだもの)の中(なか)で、何(なに)が一番(いちばん)好(す)きですか。	水果之中，你最喜歡吃什麼？
食(た)べ物(もの)の中(なか)で、何(なに)が一番(いちばん)おいしいですか。	食物之中，哪樣最好吃？
クラスでは、誰(だれ)が一番(いちばん)高(たか)いですか。	班上，誰個子最高？
日本(にほん)でどの山(やま)が一番(いちばん)高(たか)いですか。	在日本，哪座山最高？
この中(なか)で、どれが一番(いちばん)おもしろいと思(おも)いますか。	所有的報紙之中，你覺得哪個最有意思？

スポーツの中(なか)で、何(なに)が一番(いちばん)好(す)きですか。

體言の中で { なに / だれ / どれ / どこ } が一番 { 形容詞終止形 / 形容動詞終止形 } か。

「スポーツ」中包括各種體育活動，它是一個表示較大範圍的名詞。要表示“～之中，～最～”的時候，在表示範圍的名詞後加「の中で」就可以了，有時直接加「で」，兩者都表示限定。

單字

スポーツ	體育活動，運動
果物（くだもの）	水果
クラス	班級
誰（だれ）	誰
高（たか）い	高
おもしろい	有趣

休息一下　聊聊天

A：果物（くだもの）の中（なか）で、あなたは何（なに）が一番（いちばん）好（す）きですか。

水果之中，你最喜歡吃什麼？

B：みかんが一番（いちばん）好（す）きです。

最喜歡橘子。

A：新聞（しんぶん）の中（なか）で、どれが一番（いちばん）おもしろいと思（おも）いますか。

所有的報紙之中，你覺得哪個最有意思？

B：朝日（あさひ）だと思（おも）います。

我覺得朝日新聞最有趣。

MP3-63

62 ～より～方が～。

比起～來，～要～。

あれよりこれの方が安いです。

這個比那個要便宜多了。

バスより地下鉄の方が便利です。	地鐵比巴士方便。
日本より中国の方が広いです。	中國比日本大。
日本よりタイの方が暑いです。	泰國比日本熱。
私は肉より魚の方が好きです。	我愛吃魚，勝過愛吃肉。
私が説明するより、これを見た方がわかります。	實際看看，比聽我說更明白。

あれよりこれの方が安いです。

體言／動詞連體形 } より { 體言の／動詞連體形 } ほうが用言。

表示比較兩個事物並選擇其中一個，可譯為“比起～，～更～”、“～比～”等。

單字

バス	公車
地下鉄	地鐵
広い	寬大
タイ	泰國
暑い	熱
魚	魚
ステーキ	牛排

休息一下　聊聊天

A：肉料理（にくりょうり）と野菜料理（やさいりょうり）どちらが好（す）きですか。
肉跟蔬菜，你比較喜歡哪一種？

B：私（わたし）は野菜料理（やさいりょうり）より肉料理（にくりょうり）の方（ほう）が好（す）きですね。
我不喜歡吃蔬菜，喜歡吃肉。

A：じゃ、ステーキを食（た）べに行（い）きましょう。
那，我們吃牛排去吧！

B：行（い）こう。行（い）こう。
去吧！去吧！

MP3-64

63 ～ほど～ないです。

～不如～，不像～。

日本(にほん)は中国(ちゅうごく)ほど広(ひろ)くないです。

日本領土沒有中國那麼大。

今日(きょう)は昨日(きのう)ほど暑(あつ)くないです。	今天沒有昨天熱。
日本(にほん)の人口(じんこう)は中国(ちゅうごく)ほど多(おお)くないです。	日本人口不如中國多。
大阪(おおさか)は東京(とうきょう)ほど大(おお)きくないです。	大阪沒有東京大。
先週(せんしゅう)は今週(こんしゅう)ほど忙(いそが)しくなかったです。	上星期沒有這個星期忙。
あの山(やま)は富士山(ふじさん)ほど高(たか)くないです。	那座山不如富士山高。

日本(にほん)は中国(ちゅうごく)ほど広(ひろ)くないです。

這是表示“甲不如乙～”的句型。

「ほど」是助詞，表示程度，在這個句子裡相當於“不如～”、“不像～”的意思，其後的述語是否定的表達形式。

單字

昨日（きのう）	昨天
人口（じんこう）	人口
大（おお）きい	大
暖（あたた）かい	暖和
今週（こんしゅう）	這個星期
忙（いそが）しい	忙碌

休息一下　聊聊天

A：昨日（きのう）は今日（きょう）より暖（あたた）かかったですか。

昨天比今天暖和嗎？

B：いいえ、昨日（きのう）は今日（きょう）ほど暖（あたた）かくなかったです。

沒有，昨天沒有今天暖和。

A：先週（せんしゅう）は今週（こんしゅう）より忙（いそが）しかったですか。

上個星期比這個星期忙嗎？

B：はい、そうです。

是的。

MP3-65

64 ～から～。

因為～所以～

明日(あした)は日曜日(にちようび)ですから、会社(かいしゃ)は休(やす)みです。

明天是星期天，所以公司休息。

暑(あつ)いですから、冷(つめ)たい飲(の)み物(もの)がほしいです。	因為天熱，所以想喝點冷飲。
空気(くうき)が悪(わる)いですから、窓(まど)を開(あ)けましょう。	因為空氣不好，開一下窗戶吧！
山(やま)の空気(くうき)はきれいですから、健康(けんこう)にいいです。	山裡空氣清新，有益健康。
毎晩(まいばん)早(はや)く寝(ね)ますから、眠(ねむ)くありません。	每晚都早睡，所以不睏。
ここは日用品(にちようひん)や衣類(いるい)もありますから、とても便利(べんり)です。	這裡也有日用品、衣服等，所以很方便。

明日(あした)は日曜日(にちようび)ですから、会社(かいしゃ)は休(やす)みです。

接在「～です」、「～ます」後面的助詞「から」表示原因、理由，「から」後面的部分是前面的原因所帶來的結果。

單字

日曜日（にちようび）	星期日
冷たい（つめたい）	冷的
窓（まど）	窗戶
健康（けんこう）	健康
眠い（ねむい）	睏
日用品（にちようひん）	日用品
衣類（いるい）	衣服類

休息一下　聊聊天

A：明日（あした）はどこへ行（い）きましょうか。
明天去哪裡呢？

B：カラオケは。
唱卡拉ＯＫ如何？

A：それはもう飽（あ）きたから、映画（えいが）でも行（い）きましょうよ。
那已經厭煩了，我們看電影去嘛！

B：そうね、映画（えいが）もいいね。
嗯！電影也不錯。

MP3-66

65 ～そうです。

聽說～，據說～。

夕方(ゆうがた)から雨(あめ)が降(ふ)るそうです。

聽說從傍晚起會下雨。

あの映画(えいが)はとてもおもしろいそうです。	聽說那部電影很有趣。
彼(かれ)は今年(ことし)大学(だいがく)に入(はい)ったそうです。	聽說他今年進大學。
田中(たなか)さんはテニスが上手(じょうず)だそうです。	聽說田中先生網球打得好。
彼女(かのじょ)は毎日(まいにち)、五時間(ごじかん)勉強(べんきょう)するそうです。	聽說她每天讀五小時的書。
あの人(ひと)はもう五十歳(ごじゅっさい)だそうです。	據說那個人已經五十歲了。

夕方(ゆうがた)から雨(あめ)が降(ふ)るそうです。

用言終止形そうだ。

「そうだ」是傳聞助動詞，禮貌説法是「そうです」表示從別人直接或間接得到的消息，可譯成“據説～”、“聽説～”。

單字

夕方（ゆうがた）	傍晚
おもしろい	有趣
入る（はいる）	進入
テニス	網球
温泉（おんせん）	溫泉
銭湯（せんとう）	公共澡堂

休息一下　聊聊天

A：明日（あした）から雪（ゆき）が降（ふ）るそうです。

聽說明天會下雪。

B：だからこんなに寒いのか。

難怪才會這麼冷。

A：こんな日（ひ）は温泉（おんせん）にでも入（はい）りたいですね。

這種天氣真想泡泡溫泉。

B：銭湯（せんとう）へでも行（い）きましょうか。

我們去泡公共澡堂如何？

MP3-67

66 ～ので～。

因為～，所以～。

今日(きょう)は疲(つか)れたので、早(はや)く帰(かえ)ります。

今天累了，要早點回家。

頭(あたま)が痛(いた)いので、薬(くすり)を飲(の)みました。	因頭痛，服了藥。
返事(へんじ)が来(こ)ないので、困(こま)っています。	因為沒有回信，不太好辦。
雨(あめ)が降(ふ)ったので、出(で)かけませんでした。	因為下雨，沒出門。
映画(えいが)が好(す)きなので、毎日(まいにち)見(み)に行(い)きます。	因為喜歡電影，所以每天去看。
日曜日(にちようび)なので、銀行(ぎんこう)は休(やす)みです。	因為是星期天，銀行休息。

今日(きょう)は疲(つか)れたので、早(はや)く帰(かえ)ります。

名詞な
形容動詞語幹な } ので
用言連體形

助詞「ので」表示原因或理由。「ので」的前句是原因，後項是因為這一原因而造成的結果。

單字

疲(つか)れる	疲倦
早(はや)い	早、快
薬(くすり)	藥
返事(へんじ)	回覆
困(こま)る	為難
用事(ようじ)	事情

休息一下　聊聊天

A：いっしょに食事(しょくじ)に行(い)きませんか。
一起去吃飯怎麼樣？

B：ごめんなさい。用事(ようじ)があるので…。
對不起，因為有事…。

A：では、明日(あした)はどうですか。
那，明天如何？

B：いいですよ。
可以呀！

MP3-68

67 ～とか、～とか。

～啦，～啦，諸如～啦。

映画(えいが)とか、芝居(しばい)とかは、あまり好(す)きではありません。

像電影啦、戲劇啦等，我都不太喜歡。

餃子(ぎょうざ)とかチャーハンとかですね。	是餃子啦、炒飯啦等等。
たとえば、誕生日(たんじょうび)とか、電話番号(でんわばんごう)とかですね。	比如像生日啦、電話號碼啦等等。
彼女(かのじょ)は町(まち)へ行って、肉(にく)とか、野菜(やさい)とかを、買(か)ってきます。	她上街買了肉啦、蔬菜啦等等回來。
机(つくえ)の上(うえ)に、ノートとか、鉛筆(えんぴつ)とかが、おいてあります。	桌上放著筆記本啦、鉛筆啦等等。
昔(むかし)ここは、地震(じしん)とか、火事(かじ)とかが、よく起(お)こりました。	以前這裡經常發生地震啦、火災啦等等。

映画(えいが)とか、芝居(しばい)とかは、あまり好(す)きではありません。

體言 / 用言終止形 } とか　體言 / 用言終止形 } とか

這一句型表示列舉類似的事物並暗示相近的其他事物。可譯為“比如～啦～啦”。

單字

芝居（しばい）	戲劇
餃子（ぎょうざ）	餃子
チャーハン	炒飯
誕生日（たんじょうび）	生日
机（つくえ）	桌子
ノート	筆記本
地震（じしん）	地震
火事（かじ）	火災

休息一下　聊聊天

A：中華料理（ちゅうかりょうり）は何（なに）が好（す）きですか。
　你喜歡中國菜嗎？

B：餃子（ぎょうざ）とかチャーハンとかですね。
　你是指餃子啦、炒飯啦等等的嗎？

A：それは私（わたし）の得意（とくい）料理（りょうり）ですよ。
　那是我最拿手的菜喲。

B：じゃ、今度（こんど）作（つく）ってください。
　那，下次請做一下。

MP3-69

68 ～か（どうか）～。

是～還是～。

彼(かれ)が来(く)るかどうか、教(おし)えてください。

請告訴我他是來還是不來。

これが正(ただ)しいかどうか、調(しら)べてください。	請查一下，這個是否正確。
体(からだ)に合(あ)うかどうか、着(き)てみてください。	合不合身，穿穿看。
彼女(かのじょ)が帰(かえ)ったかどうか、聞(き)いてください。	她回來沒有，請問一下。
もう一度(いちど)日本(にほん)へ来(く)るかどうか、わかりません。	不知是否再一次來日本。
子供(こども)が病気(びょうき)かどうか、心配(しんぱい)です。	擔心孩子是否病了。

彼(かれ)が来(く)るかどうか、教(おし)えてください。

「か（どうか）」，引用不含疑問詞的疑問句，可譯為“是～還是～”。

單字

正（ただ）しい	正確
調（しら）べる	調查
合（あ）う	適合
一度（いちど）	一次
心配（しんぱい）	擔心
休（やす）む	休息
年中無休（ねんじゅうむきゅう）	一年到頭都開店

休息一下　聊聊天

A：あの店（みせ）は休（やす）みかどうか、知（し）っていますか。
那家商店是否營業，你知道嗎？

B：ええ、今日（きょう）はやってますよ。
知道，今天有營業。

A：あっ、そうですか。
啊，是嗎。

B：あの店（みせ）は年中無休（ねんじゅうむきゅう）ですよ。
那家商店，一整年都沒休息的。

MP3-70

69 〜なければなりません。

必須〜。非得〜。

7時(じ)に起(お)きなければなりません。

七點必須起床。

あなたは予習(よしゅう)をしなければなりません。	你必須預習。
許可(きょか)をもらわなければなりません。	你必須得到許可。
私(わたし)もこの仕事(しごと)をしなければなりませんか。	我也必須做這工作嗎？
今日(きょう)急(いそ)いで帰(かえ)らなければなりません。	今天得趕快回去。
私(わたし)も行(い)かなければなりません。	我也只好去了。

7時(じ)に起(お)きなければなりません。

動詞未然形なければなりません。 這是表示受義務、責任等約束，不得不做某事的句型。可譯為“必須～”、“只好～”、“非得～”、“應該～”等等。

單字

予習（よしゅう）	預習
許可（きょか）	許可
仕事（しごと）	工作
今日（きょう）	今天
急（いそ）ぐ	急，趕快
閉（し）まる	關閉
すぐ	馬上

休息一下　聊聊天

A：何（なに）を急（いそ）いでいるのですか。
為什麼那麼急呢？

B：今（いま）から銀行（ぎんこう）に行（い）かなければいけません。
現在得去銀行。

A：どうして。
為什麼？

B：銀行（ぎんこう）が閉（し）まってしまうから。
因為銀行就要關了。

A：あっ、もうすぐ３時（じ）だ。
啊！就快三點了。

MP3-71

70 ～なくていいです。

可以不～。

それは書(か)かなくていいです。

可以不必這麼寫。

行(い)かなくていいみたいです。	好像可以不用去了。
明日(あした)は来(こ)なくていいですよ。	明天你可以不用來了。
入院(にゅういん)しなくていいです。	可以不用住院了。
手続(てつづ)きをしなくていいです。	可以不用辦手續。
あなたがいなくてもいいです。	沒有你在也沒關係。

それは書(か)かなくていいです。

表示不用太麻煩事情就可以解決了。可譯為“可以不～”、“不～就行了”。

單字

みたい	好像
明日（あした）	明天
入院（にゅういん）	住院
手続（てつづ）き	手續
いる	在，有
あさって	後天
うらやましい	羨慕

休息一下　聊聊天

A：夏休（なつやす）みはいつからですか。
　　暑假從什麼時候開始的？

B：あさってからです。
　　從後天開始。

A：明日（あした）は学校（がっこう）へ行（い）きますか。
　　明天上學嗎？

B：行（い）かなくていいみたいです。
　　好像可以不用去了。

A：うらやましい。
　　真好（令人羨慕）！

MP3-72

71 ～過(す)ぎる。

太～了。

甘(あま)過(す)ぎますか。

太甜了嗎？

少(すこ)し言(い)い過(す)ぎました。	話說得有點太多了。
今晩(こんばん)は食(た)べ過(す)ぎました。	今晚吃多了。
あなたは考(かんが)え過(す)ぎですよ。	你想太多了。
四十過(よんじゅうす)ぎの男(おとこ)。	四十多歲的男人。
彼女(かのじょ)はきれい過(す)ぎます。	她太美了。

甘(あま)過(す)ぎますか。

「すぎ」

①接在時間、年歲等詞之後，表示“過了”、“超過”的意思。

②接在動詞連用形之後，表示“太、過分、過度”的意思。

單字

甘(あま)い	甜的
言(い)う	說、講
考(かんが)える	想、考慮
きれい	美麗
ちょうど	正好
おいしい	好吃

休息一下　聊聊天

A：あっ、これは甘(あま)いですね。
啊，這個真甜。

B：甘(あま)すぎますか。
太甜了嗎？

A：いや、ちょうどいいですよ。
不，剛剛好。

B：これもおいしいです。
這個也很好吃。

A：そうですか。
是嗎。

MP3-73

72 ～たらいいですか。

～才好呢？

駅（えき）はどう行（い）ったらいいですか。

去車站怎麼走（才好）呢？

新宿（しんじゅく）はどう行（い）ったらいいですか。	去新宿怎麼走呢？
番号（ばんごう）はどこに書（か）いたらいいですか。	號碼寫在什麼地方呢？
外貨（がいか）はどこで換（か）えたらいいですか。	在哪兒兑換外幣？
この本（ほん）はどこで借（か）りたらいいですか。	這本書在哪裡借呢？
挨拶（あいさつ）するとき、どう言（い）ったらいいですか。	打招呼時，怎麼説好呢？

駅（えき）はどう行（い）ったらいいですか。

動詞連用形たらいい。

表示怎樣做才好的意思，具有講話人表明自己的態度、看法、意見等含義。可譯為“～就行了”、“～就是了”等。

單字

番号（ばんごう）	號碼
外貨（がいか）	外幣
換（か）える	兌換
借（か）りる	借
挨拶（あいさつ）	打招呼
近（ちか）い	近

休息一下　聊聊天

A：駅（えき）はどう行（い）ったらいいですか。
去車站怎麼走呢？

B：まっすぐ行（い）けば5分（ごふん）で着（つ）きますよ。
直走的話，五分鐘就可以到了。

A：そんなに近（ちか）いですか。聞（き）いてよかった。
這麼近呀！還好有問人家。

B：そうですね。
是啊。

MP3-74

73 ～につき～。

每個～。

100元（げん）につき日本円（にほんえん）350円（えん）です。

每100台幣兌換350日圓。

交換（こうかん）レートでは、一（いち）ホンコンドルにつき14円（えん）です。	按匯率，每一港幣兌換14日圓。
一（いち）ドルにつき105円（えん）です。	每一美元兌換105日圓。
一（いち）ポンドにつき150円（えん）です。	每一英鎊兌換150日圓。
子供（こども）一人（ひとり）につき手当（てあて）が五千円（ごせんえん）です。	每個孩子五千日圓津貼。
一カ国語（いっかこくご）につき、一（ひと）つ教室（きょうしつ）があります。	每種語言，一間教室。

100元（げん）につき日本円（にほんえん）350円（えん）です。

数詞につき数詞～

表示平均比例。可譯為“每～”等。

單字

交換（こうかん）	交換
レート	匯率
ホンコンドル	港幣
ポンド	英鎊
手当（てあて）	津貼
一カ国語（いっ・こくご）	一國語言
教室（きょうしつ）	教室

休息一下　聊聊天

A：今日（きょう）のレートはどうですか。
今天的匯率是多少？

B：100 元（げん）につき日本円（にほんえん）３５０円（えん）です。
每 100 台幣換 350 日圓。

A：では、3,000 元（げん）かえてください。
那麼，請幫我換 3000 台幣。

B：はい。こちら日本円（にほんえん）10,500 円（えん）です。
好的，這裡是 10500 日圓。

MP3-75

74 ～ことがですます。

能（可以）～。

日本語(にほんご)の本(ほん)を読(よ)むことができますか。

你能讀日文書嗎？

東京(とうきょう)へは船(ふね)で行(い)くことができますか。	到東京可以坐船去嗎？
彼(かれ)はスペイン語(ご)も話(はな)すことができます。	他還能講西班牙語。
私(わたし)は日本語(にほんご)で文章(ぶんしょう)を書(か)くことができます。	我能用日語寫文章。
忙(いそが)しくて、新聞(しんぶん)を読(よ)むこともできない。	這麼忙，連報紙都沒能看。
ここから富士山(ふじさん)を見(み)ることができますよ。	從這裡可以看到富士山。

日本語(にほんご)を読(よ)むことができますか。

動詞連體形ことができます。

表示可能。既可表現能力的可能，也可表示客觀條件的可能或客觀上是否被允許。可譯為“能夠～”、“可以～”、“會～”。

單字

船（ふね）	船
スペイン語（ご）	西班牙語
文章（ぶんしょう）	文章
電話料金（でんわりょうきん）	電話費
コンビニ	便利商店
払（はら）う	支付
あく	開，開放

休息一下　聊聊天

A：電話料金（でんわりょうきん）はどこで払（はら）えばいいですか。
電話費在哪裡付呢？

B：コンビニでも払（はら）うことができますよ。
在便利商店也能付喲。

A：便利（べんり）ですね。
很方便嘛！

B：そうですね。２４時間（じかん）あいてますから。
是啊，而且還 24 小時營業呢。

MP3-76

75 ～くなります。

變成～。成為～。

部屋(へや)が暖(あたた)かくなりました。

房間變暖和了。

この部屋(へや)はきたなくなりました。	這房間變髒了。
病気(びょうき)が悪(わる)くなりました。	病情惡化了。
先月(せんげつ)、タバコが高(たか)くなりました。	上個月，香煙變貴了。
空(そら)が明(あか)るくなります。	天空轉亮了。
7月(しちがつ)になったので、暑(あつ)くなります。	因為已到七月了，天氣變熱了。

部屋(へや)が暖(あたた)かくなりました。

這是表示自發地發生變化（沒有人為的主觀努力而產生的變化）的句型。「なります」是“成為、變成”的意思，「なります」前面的形容詞要把詞尾「い」變成「く」。

單字

病気（びょうき）	病
悪い（わるい）	壞的
タバコ	香煙
空（そら）	天空
明るい（あかるい）	明亮
やめる	戒掉

休息一下　聊聊天

A：先月（せんげつ）、タバコが高（たか）くなりました。
上個月，香煙變貴了。

B：ほんとうですか。
真的嗎？

A：ええ、タバコを止（や）めた方（ほう）がいいかな。
真的。煙是不是戒掉比較好呢？

B：止（や）めた方（ほう）がいいですよ。
戒掉比較好。

MP3-77

76 ～によると、～。

根據～。

天気(てんき)予報(よほう)によると、この冬(ふゆ)は暖冬(だんとう)になるそうです。

根據天氣預報，今冬將是暖冬。

王(おう)さんの話(はなし)によると、明日(あした)休講(きゅうこう)だそうです。	據王小姐說，明天不上課。
今日(きょう)の相場(そうば)によると、五万二千円(ごまんにせんえん)になります。	根據今天的市價，應換五萬兩千日圓。
彼(かれ)の話(はなし)によると、明日(あした)テストがあるそうです。	據他說，明天好像有考試。
母(はは)の手紙(てがみ)によると、弟(おとうと)が結婚(けっこん)するそうです。	母親來信說，弟弟好像要結婚了。
友達(ともだち)の話(はなし)によると、授業料(じゅぎょうりょう)がまた上(あ)がるそうです。	聽朋友說，學費好像又要上漲了。

天気(てんき)予報(よほう)によると、この冬(ふゆ)は暖冬(だんとう)になるそうです。

體言によると，～。

表示根據，用於表示消息來源或某項規定的依據，可譯為"據～說"、"根據～"等。

單字

天気予報（てんきよほう）	天氣預報
暖冬（だんとう）	暖冬
休講（きゅうこう）	不上課
相場（そうば）	市價
テスト	考試
手紙（てがみ）	信
授業料（じゅぎょうりょう）	學費

休息一下　聊聊天

A：彼（かれ）の話（はなし）によると、明日（あした）テストがあるそうです。

據他說，明天好像有考試。

B：えっ、聞（き）いてませんよ。

咦！我沒聽說。

A：急（きゅう）に決（き）まったそうです。

好像是突然決定的。

B：じゃあ、帰（かえ）って勉強（べんきょう）しなきゃ。

那，回家得看書了。

MP3-78

77 ～の（ん）です。

～是～的。

今日（きょう）はとても忙（いそが）しいんです。

今天很忙。

忘（わす）れ物（もの）を取（と）りに帰（かえ）るんです。	回家拿忘了帶的東西。
果物（くだもの）は大好（だいす）きなんです。	非常喜歡水果。
入（い）り口（ぐち）は右（みぎ）なんです。	入口處在右面。
彼（かれ）は今（いま）会議（かいぎ）なんです。	他現在在開會。
お腹（なか）が痛（いた）いんです。	肚子痛。

今日（きょう）はとても忙（いそが）しいんです。

「～の（ん）です」是強調客觀事實的句尾表達形式，多用於説明事實或強調必然的結果。「～んです」用於口語。

單字

忘（わす）れ物（もの）	遺失物品
取（と）る	拿
大好（だいす）き	非常喜歡
入（い）り口（ぐち）	入口
送（おく）る	寄
一週間（いっしゅうかん）	一個禮拜
届（とど）く	送達

休息一下　聊聊天

A：この手紙（てがみ）を台湾（たいわん）へ送（おく）りたいんですが。

我想寄這封信到台灣。

B：９０円（えん）になります。

90 日圓。

A：台湾（たいわん）までどのぐらいかかりますか。

到台灣要花多少時間？

B：約一週間（やくいっしゅうかん）で届（とど）きます。

大約一個禮拜到。

MP3-79

78 ～ごとに～。

每～。

三分ごとに電車が通ります。

每三分鐘來一趟車。

３０分ごとに２００円加算されます。	每三十分鐘加 200 日圓。
家ごとに新聞を配達します。	挨家挨戶送報紙。
五メートルごとに印を付けます。	每五公尺做一個記號。
六時間ごとに熱を計ります。	每隔六小時量一次體溫。
一キロごとに８０円ずつ増えます。	每一公斤增加 80 日圓。

三分ごとに電車が ります。

名詞、數詞ごとに，～。

表示每當出現一個情況，或對每一個對象，都毫不例外地如何。可譯為“每～（都～）”。

單字

加算（かさん）	加
配達（はいたつ）	送，投遞
メートル	公尺
印（しるし）	記號
付（つ）ける	做，記
計（はか）る	量
キロ	公斤
越（こ）える	超過

休息一下　聊聊天

A：ここの駐車場（ちゅうしゃじょう）は一時間（いちじかん）いくらですか。

這裡的停車場一個小時多少錢？

B：一時間（いちじかん）４００円（えん）です。

一個小時 400 日圓。

A：一時間（いちじかん）越（こ）えたあとは、どう計算（けいさん）しますか。

超過一個小時後，怎麼計算？

B：３０分（さんじゅっぷん）ごとに２００円（えん）加算（かさん）されます。

每 30 分，加 200 日圓。

MP3-80

79 ～てもいいです。

可以～。～也行。

カードで払（はら）ってもいいですか。

可以用信用卡支付嗎？

ドルで払（はら）ってもいいです。	付美金也行。
今（いま）、帰（かえ）ってもいいですか。	現在可以走了嗎？
部屋代（へやだい）が高（たか）くてもいいですか。	房租貴點也可以嗎？
絵（え）が下手（へた）でもいいです。	畫畫不好沒關係。
中国語（ちゅうごくご）で書（か）いてもいいですか。	可以用中文寫嗎？

カードで払（はら）ってもいいですか。

動詞、形容詞連用形てもいいです。

體言、形容詞語幹でもいいです。

表示認可某行為或狀態。其否定形式是「てはいけません」。可譯為“可以～”、“～也行”等。

單字

カード	信用卡
部屋代(へやだい)	房租
絵(え)	畫
下手(へた)	不好，差
中国語(ちゅうごくご)	中文
書(か)く	填寫

休息一下　聊聊天

A：すみません、これください。
　對不起，請給我這個。

B：はい、5,000円(えん)になります。
　好的共 5000 日圓。

A：カードで払(はら)ってもいいですか。
　可以用信用卡支付嗎？

B：はい、けっこうです。
　可以的。

MP3-81

80 ～までは、～以上は～。

以下～。超過～就～。

20kg まではいいんですが、20kg 以上は料金がかかります。

可以到 20 公斤，但超過 20 公斤就須付費了。

一キロまでは 500 円、それ以上は一キロごとに 50 円ずつ増えます。	1 公斤以下 500 日圓，超過的話，每 1 公斤增加 50 日圓。
10 グラムまでは 100 円、それ以上は 200 円になります。	10 公克以下 100 日圓，超過 10 公克要加 200 日圓。
ここまではいいですが、それ以上は言えないです。	説到這裡是沒關係，再下去就沒辦法説了。
ここまではいいですが、それ以上は通過できません。	到這裡是可以，再下去就沒辦法通過了。

20kg まではいいんですが、30kg 以上は料金がかかります。

「まで」接在數詞或表示程度的詞彙之後，表示“在～以下”、“在～以內”之意。「～以上」表示比較的基準。可譯為“比～”、“超過～”等。

單字

キロ	公斤
グラム	公克
通過（つうか）	通過
飛行機（ひこうき）	飛機
預（あず）ける	寄放，委託保管
お客様（きゃくさま）	客人

休息一下　聊聊天

A：この荷物（にもつ）を飛行機（ひこうき）に預（あず）けたいのですが。
　　這件行李要寄放到飛機上。

B：お客様（きゃくさま）、これは３０ｋｇ（さんじゅっキロ）ありますが。
　　先生，這有 30 公斤重。

A：どうなりますか。
　　會怎麼樣？

B：20kg まではいいんですが、
　　20kg 以上（いじょう）は料金（りょうきん）がかかります。
　　到 20 公斤是沒問題的，超過 20 公斤就須付費了。

TOKYO

Chapter 5

81 ～ように～。

像～（那）様地

この写真のようにカットしてください。

請剪像這張照片。

これと同じようにお願いします。	我要作和這一樣的。
木が倒れないように、棒で支える。	用棍子支撐著樹，以免樹倒下去。
お忘れ物のないようにしてください。	請不要忘記自己的東西。
よくわかるように教えてください。	請您講明白一點。
どうぞ明日晴れますように。	但願明天晴天。

この 真のようにカットしてください。

動詞連體形
動詞未然形 ｝ように。

這是表示“為實現某種目的而～”的句型。「～ように」前面的句子表示目的，後面的句子示為實現前句的目的，而採取的手段、手法等。

單字

カット	剪髮
同じ（おな）	相同
倒れる（たお）	倒
棒（ぼう）	棍子
支える（ささ）	支撐
晴れる（は）	晴朗

休息一下　聊聊天

A：お客様（きゃくさま）、どのようにカットしましょう。
小姐，您要怎麼剪？

B：この写真（しゃしん）のようにカットしてください。
請剪像這張照片。

A：かしこまりました。いかがですか。
好的。如何？

B：はい、いいです。
嗯，不錯。

MP3-83

82 ～のに～。

～卻～。～可是～。

頭が痛かったのに、会社に行きました。

頭痛，但仍去上班。

雨が降っているのに、買い物に行きます。	雖然在下雨，但仍去買東西。
まだ子供なのに、背が高いです。	還是個小孩，但個子卻很高。
夕べは暑かったのに、私は風邪を引きました。	昨晚很熱，我卻感冒。
この字引は不便なのに、いつも使っています。	這本字典用起來不方便，但總是用著。
一生懸命 勉強しているのに、なかなかうまくなりません。	刻苦的學習，但怎麼也學不好。

頭が痛かったのに、会社に行きました。

用言連體形 ｝のに
名詞、形容動詞な ｝のに

表示一種前後兩項不相適應、反常和意料不到的關係。「～のに」表示逆接。可譯成“～卻～”、“～可是～”。

單字

会社（かいしゃ）	公司
背（せ）	身高，個子
夕べ（ゆうべ）	昨晚
風邪（かぜ）	感冒
字引（じびき）	字典
一生懸命（いっしょうけんめい）	努力
なかなか	怎麼也…

休息一下　聊聊天

A：ああ、つらい。
　啊！真痛苦。

B：どうしたんですか。
　怎麼了。

A：夕べ（ゆうべ）は暑（あつ）かったのに、風邪（かぜ）を引（ひ）きました。
　昨晚很熱，我卻感冒了。

B：お大事（だいじ）に。
　請多保重啊！

83 ～する。

弄成～。使～成為～。

テレビの音(おと)を大(おお)きくします。

把電視聲音開大。

校庭(こうてい)を美(うつく)しくします。	美化校園。
電気(でんき)をつけて、部屋(へや)を明(あか)るくします。	開電燈，讓房間明亮。
部屋(へや)を暖(あたた)かくします。	把房間弄暖和。
ラジオの音(おと)を小(ちい)さくしてください。	請把收音機的聲音弄小。
もう少(すこ)し安(やす)くしてもらえませんか。	可以再便宜些嗎？

テレビの音(おと)を大(おお)きくします。

帶有主觀意志並積極促使某事物發生變化時，則用「～くします」，「します」可譯成“弄成～”、“使～成為～”。「します」前面的形容詞要把詞尾「い」變成「く」。

單字

音（おと）	聲音
校庭（こうてい）	校園
電気（でんき）	電燈
ラジオ	收音機
小さい（ちい）	小
割引（わりびき）	折扣

休息一下　聊聊天

A：このテレビはおいくらですか。
這台電視多少錢？

B：45,000円（えん）になります。
四萬五仟日圓。

A：もう少（すこ）し安（やす）くしてもらえませんか。
可以再便宜些嗎？

B：じゃあ、二割引（にわりびき）でどうですか。
好啦，少您二折（打八折）怎麼樣？

A：ありがとう。
謝謝。

MP3-85

84 ～が（は）～てある

～著（在）～。

ノートに名前が書いてあります。

筆記本上寫著名字。

本棚に本が並べてあります。	書排列在書架上。
今日は寒いので、ストーブが付けてあります。	今天很冷，爐子生好了。
テーブルの上に、かばんがおいてあります。	桌上放著書包。
荷物は駅の前に積んであります。	車站前堆放著行李。
服はドアのそばに掛けてあります。	門旁掛著衣服。

ノートに名前が書いてあります。

<u>他動詞連用形</u>てあります。

表示事物處於某種狀態。

「かばんが置いてあります」表示某人把書包放好之後，書包所處的狀態。

單字

本棚（ほんだな）	書架
並（なら）ぶ	排列
ストーブ	爐子
付（つ）ける	點上
テーブル	桌子
置（お）く	放，存放
ドア	門

休息一下　聊聊天

A：あの、日本語（にほんご）の辞書（じしょ）は置（お）いてありますか。
請問，有日語字典嗎？

B：置（お）いておりませんが。
沒有。

A：では、注文（ちゅうもん）することはできますか。
那麼，可以訂購嗎？

B：はい、できます。
可以的。

MP3-86

85 ～なら～。

如果～。要是～。

田中さんが行くなら、私も行きます。

田中去的話，那我也去。

日本語の勉強をするなら、この本がいいです。	要是學習日語，這本書好。
富士山に登るなら、気をつけてください。	要攀登富士山的話，那可得小心。
用事があるなら、先に帰ってもいいです。	如果有事，可以先回去。
眠いなら、寝てもいいですよ。	要是想睡，睡了也沒關係。
あの人が先生なら、聞いてみましょう。	那一位如果是老師，那就問問看吧！

田中さんが行くなら、私も行きます。

動詞連體形なら。

「～なら，～」表示假定條件。前句是假定條件，後句是在前句條件下所發生的情況。可譯為“如果～”、“要是～”等。

單字

登(のぼ)る	攀登
気(き)をつける	小心
用事(ようじ)	事情
先(さき)に	先
眠(ねむ)い	睏
寝(ね)る	睡覺
コンパ	（茶話）聚會

休息一下　聊聊天

A：明日(あした)、コンパがあるらしいけど。
明天好像有個聚會。

B：田中(たなか)さんは行(い)きますか。
田中去嗎？

A：私(わたし)は李(り)さんが行(い)かないなら、行(い)きません。
如果小李不去的話，我就不去。

B：じゃ、二人(ふたり)で映画(えいが)に行(い)きましょうか。
那，我們二個人去看電影吧！

MP3-87

86 ～て（で）はいけません。

不要～。不許～。不可以～。

この水(みず)を飲(の)んではいけません。

這種水不可以喝。

ここで写真(しゃしん)を撮(と)ってはいけません。	這裡不准拍照。
上着(うわぎ)を脱(ぬ)いではいけません。	不許脱上衣。
教室(きょうしつ)でタバコを吸(す)ってはいけません。	不許在教室抽煙。
電気(でんき)をつけてはいけませんか。	開燈不行嗎？
仕事(しごと)が嫌(きら)いではいけません。	不愛工作可不行。

この水(みず)を飲(の)んではいけません。

形容詞、動詞連用形ては ｝いけません。
形容動詞語幹、名詞では ｝

表示禁止對方做某事，具有提醒對方注意的含義。可譯為“不要～”、“～不行”、“不許～”等。

單字

水（みず）	水
撮る（とる）	拍照
上着（うわぎ）	上衣
脱ぐ（ぬぐ）	脱
タバコ	香煙
嫌い（きらい）	討厭
雑誌（ざっし）	雜誌

休息一下　聊聊天

A：すみません、この本（ほん）を借（か）りたいのですが。
對不起，我想借這本書。

B：はい、わかりました。
好的。

A：それと、雑誌（ざっし）も借（か）りたいのですが。
然後，也想借這本雜誌。

B：雑誌（ざっし）は持（も）って帰（かえ）ってはいけません。
雜誌不可以帶回去。
ここで読（よ）んでください。
請在這裡看。

MP3-88

87 ～について（の）～。

關於～。有關～的～。

ここにはアパートについての広告（こうこく）があります。

這裡是有關出租房子的廣告。

日本（にほん）文学（ぶんがく）についての本（ほん）は置（お）いてありますか。	有關於日本文學的書嗎？
彼（かれ）の家族（かぞく）について、あまり知（し）りません。	關於他的家庭情況，我不大清楚。
あの方（かた）について、もっと知（し）りたいです。	關於那位人士的事，我想多知道一些。
この事件（じけん）について、ノーコメントです。	有關這個事件，無可奉告。
このあたりについて、詳（くわ）しくありません。	有關這附近，我並不清楚。

ここにはアパートについての広告（こうこく）があります。

體言について。

表示動作針對或圍繞的對象。可譯為"就～"、"關於～"等。

單字

アパート	公寓
広告（こうこく）	廣告
家族（かぞく）	家族，家庭情況
もっと	更加，進一步
ノーコメント	無可奉告
詳（くわ）しい	詳細
コンピューター	電腦

休息一下　聊聊天

A：日本文学（にほんぶんがく）についての本（ほん）は置（お）いてありますか。
有關於日本文學的書嗎？

B：ちょっと、コンピューターで探（さが）してみましょう。
我查一下電腦。

A：お願（ねが）いします。
麻煩你。

B：いろいろありますね。
有很多呢。

MP3-89

88 ～というのは～です。

所謂～是～。

超というのはとてもという意味です。

所謂「超」是非常的意思。

水洗というのはトイレのことですね。	所謂「水洗」是指廁所吧。
入試というのは入学試験の略です。	所謂「入試」是入學考試的略稱。
上京というのは東京へ行くという意味です。	「上京」一詞就是去東京的意思。
月刊誌というのは、毎月一回出る雑誌のことです。	月刊雜誌，就是每月出一期的雜誌。
留学生というのは、外国で勉強する学生のことです。	留學生是指在國外讀書的學生。

超というのはとてもという意味です。

體言というのは～です。

表示對某名詞、概念下定義，進行解釋説明。「というのは」表示提示話題，其後表示解釋。可譯作“所謂～，就是指～”。

單字

超（ちょう）	非常
水洗（すいせん）	廁所
入試（にゅうし）	入學考試
略（りゃく）	略稱
上京（じょうきょう）	去東京
月刊誌（げっかんし）	月刊雜誌
一回（いっかい）	一期

休息一下　聊聊天

A：李（り）さん今日（きょう）の洋服（ようふく）、超（ちょう）かわいいですね。
李先生今天穿的衣服「超」可愛的。

B：超（ちょう）って何（なん）のことですか。
「超」是指什麼？

A：超（ちょう）というのはとてもという意味（いみ）なんです。
所謂「超」是非常的意思。

B：そうなんですか。
是這樣呀。

MP3-90

89 ～ようです。

好像～。

風邪(かぜ)を引(ひ)いたようです。

好像是感冒了。

熱(ねつ)があるようですね。	好像有點兒發燒。
今日(きょう)は雨(あめ)が降(ふ)るようです。	今天好像要下雨。
王(おう)さんは元気(げんき)がないようです。	王先生好像沒精神。
田中(たなか)さんは魚(さかな)が嫌(きら)いなようです。	田中好像不喜歡吃魚。
天気(てんき)がいいようです。	好像是個好天氣。

風邪(かぜ)を引(ひ)いたようです。

用言連體形
形容動詞な　｝ようです
體言の

「～ようです」表示主觀的、根據不足的推測，可譯作“好像～”。

單字

風邪(かぜ)を引(ひ)く	感冒
熱(ねつ)	發燒
元気(げんき)	精神
嫌(きら)い	討厭
顔色(かおいろ)	臉色
悪(わる)い	不好
薬(くすり)	藥

休息一下　聊聊天

A：田中(たなか)さん、顔色(かおいろ)が悪(わる)いですよ。
田中先生，你臉色不太好喲。

B：なんだか、風邪(かぜ)を引(ひ)いたようです。
好像感冒了的樣子。

A：それはいけませんね、薬(くすり)は飲(の)みましたか。
那怎麼得了，吃藥了嗎？

B：はい、飲(の)みました。
吃了。

MP3-91

90 ～てから。

做～之後。

勉強（べんきょう）してから、テレビを見（み）ます。

看完書後看電視。

薬（くすり）をもらってから、帰（かえ）ります。	拿了藥後回家。
よく聞（き）いてから、答（こた）えてください。	請仔細聽完後回答。
大学（だいがく）を卒業（そつぎょう）してから、何（なに）をするつもりですか。	你打算畢業後做什麼？
様子（ようす）を見（み）てからにした方（ほう）がいいです。	先看看情況之後再決定吧。
日本（にほん）に来（き）てから、もう十年（じゅうねん）ですね。	來日本後，已經十年了。

勉強（べんきょう）してから、テレビを見（み）ます。

動詞連用形～から～。

表示一個動作完成之後，再進行另一個動作。可譯作“～之後～”。

單字

もらう	拿，取
答(こた)える	回答
卒業(そつぎょう)	畢業
つもり	打算
様子(ようす)	情況
だいたい	大都
ボーリング	保齡球

休息一下　聊聊天

A：家(いえ)に帰(かえ)ってから、いつも何(なに)をしてますか。
回家後，都做些什麼？

B：だいたいテレビを見(み)ています。
大都看電視。

A：今晩(こんばん)、暇(ひま)ならボーリングに行(い)きませんか。
今天晚上如果有空，要不要去打保齡球？

B：行(い)きます、行(い)きます。
去！去！

MP3-92

91 あ（ん）まり～ない。

不太（不怎麼）～。

あまり詳(くわ)しくは知(し)りません。

我不太清楚。

今日(きょう)はあまり寒(さむ)くないです。	今天不怎麼冷。
あまり時間(じかん)がないから急(いそ)ぎましょう。	沒多少時間，快點兒吧！
あまりおいしくないから食(た)べません。	不太好吃，所以不吃。
彼(かれ)の発音(はつおん)はあまりよくないです。	他的發音不太好。
ああいう人(ひと)とはあまり付(つ)き合(あ)わない方(ほう)がいい。	最好少跟那種人來往。

あまり詳(くわ)しくは知(し)りません。

表示“不太～”、“不怎麼～”。

單字

発音(はつおん)	發音
ああいう	那樣的
付(つ)き合(あ)う	交往
こんな	這樣的
山(やま)	山
海(うみ)	海

休息一下　聊聊天

A：冬(ふゆ)なのに今日(きょう)はあまり寒(さむ)くないですね。
雖然是冬天，卻不怎麼冷。

B：本当(ほんとう)、天気(てんき)もいいし。
真的，天氣也不錯。

A：こんな日(ひ)は山(やま)とか海(うみ)へ行(い)きたいですね。
這種天氣真想到山上或海邊玩呢。

B：今(いま)から行(い)きましょう。
現在就去吧！

MP3-93

92 ～しか～ない。

只～。

彼(かれ)はお茶(ちゃ)しか飲(の)みません。

他只喝茶。

田中(たなか)さんしか来(き)ません。	只有田中來。
教室(きょうしつ)は一人(ひとり)しかいません。	教室裡只有一個人。
みかんは今(いま)缶詰(かんづめ)しかありません。	現在只有橘子罐頭。
これしかありません。	只有這個。
財布(さいふ)には100円(えん)しか残(の)っていない。	錢包裡只有一百日圓。

彼(かれ)はお茶(ちゃ)しか飲(の)みません。

體言、助詞、動詞しか　用言未然形ません。

表示限定除此事物、行為外別無其它。可譯為“只有～”、“僅有～”。

單字

みかん	橘子
缶詰（かんづめ）	罐頭
財布（さいふ）	錢包
残る（のこる）	剩下
牛乳（ぎゅうにゅう）	牛奶
忘れる（わすれる）	忘了
おごる	請客

休息一下　聊聊天

A：佐藤（さとう）さん、どうかしたんですか。
　佐藤，你怎麼了。

B：お昼（ひる）に牛乳（ぎゅうにゅう）しか飲（の）んでないんです。
　我中午只喝了牛奶。

A：どうして。
　為什麼？

B：今日（きょう）お金（かね）を忘（わす）れました。
　今天忘了帶錢。

A：それはかわいそう。私（わたし）がおごってあげますよ。
　真可憐，來，我請客。

B：本当（ほんとう）。うれしい。
　真的，太好了。

MP3-94

93 ～かもしれません。

也許～，可能～。

午後(ごご)から、雨(あめ)が降(ふ)るかもしれません。

下午也許下雨。

明日(あした)は雪(ゆき)かもしれません。	明天也許下雪。
日本語(にほんご)の試験(しけん)は簡単(かんたん)かもしれません。	日語考試也許很簡單。
これは難(むずか)しいかもしれません。	這件事也許難做。
彼女(かのじょ)はまだ知(し)らないかもしれません。	她也許還不知道。
彼(かれ)は休(やす)みかもしれません。	他也許在休息。

午後(ごご)から、雨(あめ)が降(ふ)るかもしれません。

～かもしれない，表示把握性不大的推測、猜測或委婉語氣。可譯作“也許～”。

單字

午後（ごご）	下午
簡単（かんたん）	簡單
難（むずか）しい	困難
休（やす）む	休息
まだ	還不
ひょっとすると	或許
事故（じこ）	事故

休息一下　聊聊天

A：彼（かれ）はまだ来（こ）ないですね。
　他還沒來耶。

B：ひょっとすると…。
　會不會…。

A：事故（じこ）でも起（お）きたかもしれません。
　也許發生了什麼事故。

B：そんな…。
　不會吧！

MP3-95

94 ～のに（には）、～。

要（為），需要～。

これを修理（しゅうり）するのに、どのぐらいかかりますか。

修理這個需要多少時間？

出来上（できあ）がるのにどのぐらいかかりますか。	要多久才會好。
新宿（しんじゅく）へ行（い）くには、地下鉄（ちかてつ）でいいでしょうか。	要去新宿，可以坐地鐵嗎？
この家（いえ）は暑（あつ）さを防（ふせ）ぐのに、一番（いちばん）いいです。	要防熱，這個房子最好。
なおるのに、まだ何日（なんにち）かかかりそうです。	看來要好，還得好幾天呢！
あのレストランで食事（しょくじ）をするのに、千円（せんえん）で足（た）りますか。	要在那個餐館吃頓飯，一千日圓夠嗎？

これを修理（しゅうり）するのに、どのぐらいかかりますか。

動詞連體形のに～。

由形式體言の＋格助詞に所構成。表示目的，相當於「ために」、「には」等。

單字

修理	修理
出来上がる	完成
防ぐ	防止
なおる	醫好，病癒
足りる	足夠
背広	西裝
クリーニング	乾洗

休息一下　聊聊天

A：この背広をクリーニングしてほしいのですが。
我要乾洗這件西裝。

B：はい、わかりました。
好的。

A：出来上がるのに、どのぐらいかかりますか。
要多久才會好？

B：急いで２日です。
最快二天。

MP3-96

95 ～はずです。

該～。應該～。

もうすぐ、田中さんが来るはずです。

田中該快到了。

あの人は漢字がわかるはずです。	那個人應該懂漢字。
兄は今日帰ったはずです。	哥哥應該今天回來的。
あの店の物の方がもっといいはずです。	那家商店的商品應該更好。
王さんは来年卒業するはずです。	明年王先生該畢業了。
あの人はもう来ないはずです。	他應該不再來了。

もうすぐ、田中さんが来るはずです。

用言連體形はずです。

表示理所當然的意思，是說話人根據事物本來的發展趨勢作出的預測或推斷。可譯作“該～”、“應該～”。

單字

もうすぐ	快要
漢字（かんじ）	漢字
来年（らいねん）	明年
卒業（そつぎょう）	畢業
遅い（おそ）	遲到

休息一下　聊聊天

A：鈴木（すずき）さんはまだ来（こ）ないですね。
鈴木先生還沒來呀！

B：もうすぐ、来（く）るはずです。
該快到了。

A：あっ、来（き）た、来（き）た。
啊，來了！來了！

C：遅（おそ）くなって、すみません。
來晚了，真不好意思。

MP3-97

96 ～ながら～。

一邊～一邊～。

食事(しょくじ)をしながら、話(はな)します。

邊吃飯邊聊天。

ビールを飲(の)みながら、食事(しょくじ)をしました。	邊喝啤酒，邊吃飯。
みんなでワイワイしながら、食事(しょくじ)をします。	大家邊嚷嚷，邊吃飯。
昼間(ひるま)会社(かいしゃ)で働(はたら)きながら、夜学校(よるがっこう)で勉強(べんきょう)します。	白天在公司上班，晚上在學校上學。
ニュースを聞(き)きながら、車(くるま)の運転(うんてん)をします。	一邊聽新聞，一邊開車。
山下(やました)さんはよく歩(ある)きながら、歌(うた)を歌(うた)います。	山下先生常常邊走路邊唱歌。

食事(しょくじ)をしながら、話(はな)します。

<u>動詞連用形</u>ながら～。

表示前項動作和後項的動作同時進行的句型。這個句型裡後項敘述的動作是主要動作。

單字

ワイワイ	大聲吵嚷
昼間（ひるま）	白天
会社（かいしゃ）	公司
働く（はたらく）	工作
ニュース	新聞
運転（うんてん）	開車
歩く（あるく）	走路

休息一下　聊聊天

A：田中（たなか）さんはどんな音楽（おんがく）が好（す）きですか。
田中先生喜歡什麼音樂。

B：クラシックです。
古典音樂。

A：いつ聞（き）きますか。
什麼時候聽？

B：夜（よる）、勉強（べんきょう）しながら聞（き）きます。
晚上，邊看書邊聽。

MP3-98

97 ～し～し～。

因為～所以～。

あの店の物は安いし、品もいいです。

那家店的東西既便宜，品質也不錯。

お金もないし、家もないし、結婚できません。	因沒有錢也沒有房子，無法結婚。
駅も遠いし、店も少ないし、とても不便です。	車站既遠，又沒有商店，真不方便。
天気もいいし、日曜日だし、出かけましょう。	天氣又好，又是星期天，我們出門吧！
お金もないし、寝るところもないし、困っています。	既沒有錢，又沒有睡的地方，真傷腦筋。
お近いですし、どうぞ遊びに来てください。	離得這麼近，請來玩吧！

あの店の品物は安いし、品もいいです。

用言終止形し、用言終止形し、～。

表示列舉原因、理由，然後依此做出判斷結論。可譯為“～又～，所以～”。

單字

品物（しなもの）	產品
品（しな）	品質
出（で）かける	出門
困（こま）る	傷腦筋
日用品（にちようひん）	日常用品
値段（ねだん）	價錢
種類（しゅるい）	種類

休息一下　聊聊天

A：日用品（にちようひん）はどこで買（か）ったらいいですか。
日常用品在哪裡買好呢？

B：駅前（えきまえ）のスーパーがいいです。
車站前的超市不錯。

A：どうしてですか。
為什麼？

B：値段（ねだん）も安（やす）いし、種類（しゅるい）もたくさんあるからです。
價錢又便宜，種類也多。

MP3-99

98 ～たり～たりします。

時～時～。

部屋（へや）の中（なか）は暖（あたた）かかったり、寒（さむ）かったりします。

房間裡時暖時冷。

値段（ねだん）は店（みせ）によって高（たか）かったり、安（やす）かったりします。	價錢因商店不同，有的貴有的便宜。
時間（じかん）によって静（しず）かだったり、にぎやかだったりします。	時間不同，有時安靜，有時喧鬧。
なぜ行（い）ったり、来（き）たりしますか。	為什麼走來走去的呢？
昼休（ひるやす）みにここで新聞（しんぶん）を読（よ）んだり、話（はな）したりします。	中午休息時間在這裡，有時看報紙，有時說話。
入（い）り口（ぐち）は日（ひ）によって右（みぎ）だったり、左（ひだり）だったりします。	入口處隨日期而變，有時在右側，有時在左側。

部屋（へや）の中（なか）は暖（あたた）かかったり、寒（さむ）かったりします。

形容詞連用形たり形容詞連用形たりします。

表示既有這種情況，又有那種情況，或者從許多狀態中舉出若干狀態。可譯作“既～又～”。

單字

にぎやか	喧鬧
昼休み（ひるやすみ）	中午休息
読む（よむ）	閱讀
入り口（いりぐち）	入口
サラリーマン	職員
ジョギング	慢跑
キャッチボール	接球

休息一下　聊聊天

A：日本（にほん）のサラリーマンはいいですね。
日本的員工真不錯。

B：どうして。
為什麼？

A：昼休み（ひるやすみ）によくジョギングをしたり、キャッチボールをしたりしているでしょ。
中午休息經常會跑跑步，丟丟球什麼的。

B：健康（けんこう）にいいからね。
因為有益健康嘛！

99 ～てしまいます。

～完。～好。～光。

この本(ほん)は、もう読(よ)んでしまいました。

這本書已經看完了。

部屋(へや)の掃除(そうじ)をしてしまいました。	房間打掃好了。
お金(かね)をなくしてしまいました。	把錢弄丟了。
あの本(ほん)の内容(ないよう)は忘(わす)れてしまいました。	這本書的內容忘光了。
父(ちち)は五年前(ごねんまえ)に死(し)んでしまいました。	父親五年前去世了。
運動不足(うんどうぶそく)で太(ふと)ってしまいましたよ。	運動不足，發胖了。

この本(ほん)は、もう読(よ)んでしまいました。

動詞連用形てしまう。

表示動作、作用全部結束，此時可譯作“～完”、“～好”等。有時表示徹底完結，無可挽回，感到遺憾的心情，這種用法一般字面上譯不出來。

單字

掃除（そうじ）	打掃
なくす	丟
内容（ないよう）	內容
死（し）	去世
運動不足（うんどうぶそく）	運動不足
太る（ふとる）	胖
精算所（せいさんじょ）	補票處
改札口（かいさつぐち）	剪票口

休息一下　聊聊天

A：あの、切符（きっぷ）をなくしてしまったのですが。
對不起，我的車票掉了。

B：じゃあ、精算所（せいさんじょ）で払（はら）ってください。
那麼，請在補票處補票。

A：精算所（せいさんじょ）はどこですか。
補票處在哪裡？

B：改札口（かいさつぐち）の横（よこ）にあります。
剪票口的旁邊。

100 ～たことがあります。

曾～過。～過。

私(わたし)は刺身(さしみ)を食(た)べたことがあります。

我吃過生魚片。

彼(かれ)は北海道(ほっかいどう)に行(い)ったことがあります。	他去過北海道。
彼女(かのじょ)は王(おう)さんに会(あ)ったことがあります。	她曾見過王先生。
「雪国(ゆきぐに)」という本(ほん)を読(よ)んだことがありますか。	你讀過「雪國」那本書嗎？
私(わたし)は海外(かいがい)へ行(い)ったことがありません。	我沒有去過國外。
今(いま)まで返(かえ)したことがないでしょう。	到目前為止沒有還錢。

私(わたし)は刺身(さしみ)を食(た)べたことがあります。

動詞連用形たことがあります。

表示經驗、經歷。可譯為“當～過”、“～過”。

單字

会(あ)う	見面
海外(かいがい)	國外
返(かえ)す	返還
ほど	表示不定的數量
貸(か)す	借
また	又，再
友達(ともだち)	朋友

休息一下　聊聊天

A：一万円(いちまんえん)ほど貸(か)してください。
借個一萬塊給我。

B：またですか。
你又要借了。

A：お願(ねが)いしますよ。
拜託嘛！

B：今(いま)まで返(かえ)したことがないでしょう。
到現在為止，你都沒有還我錢過。

A：いいじゃないですか。友達(ともだち)でしょう。
有什麼關係，朋友嘛！

國家圖書館出版品預行編目資料

100公式，用日語聊不停 / 朱讌欣 著. --
新北市：哈福企業, 2024.06
面； 公分. --(日語系列；34)
ISBN 978-626-7444-13-9 （平裝）
1.CST: 日語 2.CST: 會話

803.188

免費下載QR Code音檔
行動學習，即刷即聽

100公式，
用日語聊不停
(QR Code版)

作者／朱讌欣
責任編輯／林小瑜
封面設計／李秀英
內文排版／林樂娟
出版者／哈福企業有限公司
地址／新北市淡水區民族路110 巷38 弄7 號
電話／(02) 2808-4587 傳真／(02) 2808-6545
郵政劃撥／ 31598840
戶名／哈福企業有限公司
出版日期／ 2024 年 6 月
台幣定價／ 379 元 (附線上MP3)
港幣定價／ 126 元 (附線上MP3)
封面內文圖/ 取材自Shutterstock

全球華文國際市場總代理／采舍國際有限公司
地址／新北市中和區中山路2 段366 巷10 號3 樓
電話／(02) 8245-8786 傳真／(02) 8245-8718
網址／ www.silkbook.com 新絲路華文網

香港澳門總經銷／和平圖書有限公司
地址／香港柴灣嘉業街12 號百樂門大廈17 樓
電話／(852) 2804-6687
傳真／(852) 2804-6409

email ／ welike8686@Gmail.com
facebook ／ Haa-net 哈福網路商城

協力製作／日本東京語言學校

電子書格式：PDF